Heinz Jussen

Suada

Eine Geschichte von Feuer und Licht

Nachdruck mit
Genehmigung des Autors

Bibliografische Information der Deutschen Nationalbibliothek:

Die Deutsche Nationalbibliothek verzeichnet diese Publikation in der Deutschen Nationalbibliografie; detaillierte bibliografische Daten sind im Internet über dnb.dnb.de abrufbar.

Verlag: BoD · Books on Demand GmbH, Überseering 33, 22297 Hamburg, bod@bod.de

Druck: Libri Plureos GmbH, Friedensallee 273, 22763 Hamburg

Covergestaltung: Kristina Sehl

ISBN 978-3-7693-2703-8

Inhalt

*Das Buch widme ich
meinen Enkeln Leon, Noah und Finn,
denen ich ein Leben
in Liebe und Frieden wünsche!*

Bedanken möchte ich mich bei

*Norbert, der mir den Anstoß
zum Schreiben dieses Buches gab;*

*bei Eva, die mir immer wieder
Zweifel nahm und Mut machte;*

*bei Aida und Nuhan,
deren konstruktive Kritik
einige unklare Nischen ausleuchtete!*

Vorwort

Als ich von meinem Freund Safet das Manuskript zu diesem Buch bekam, erwartete ich nicht, dass ich noch einen anderen Heinz kennen lernen würde. Ich kannte Heinz Jussen als Humanisten, der während des Krieges sein Leben gefährdete, sich mit einem Lastkraftwagen durch die Berge und Wälder Bosnien-Herzegowinas schlug, seinen Weg nach Tuzla fand und Hilfe für unsere Bürger mitbrachte, und das, ohne nach Glauben oder politischer Überzeugung zu unterscheiden und ohne zwischen einheimischer Bevölkerung und Flüchtlingen zu differenzieren.

Ich habe mit dem Lesen des Textes angefangen und gar nicht gemerkt, dass ich schon am Ende angekommen war. Und dann bin ich zu bestimmten Stellen des Textes zurückgegangen und habe sie noch einmal sorgfältig gelesen.

Jetzt begriff ich, dass dieser andere Heinz Jussen ein Mann ist, den die Tragödie der Aggression auf Bosnien-Herzegowina so tief erschütterte, dass er den Drang verspürte, sie in Form eines Buches festzuhalten, um auf diese Weise den Lesern einen realen Eindruck von den furchtbaren Ereignissen des Krieges von 1992 bis 1995 zu vermitteln.

Heinz Jussen lässt in seiner Geschichte TuzUr entstehen. Der mythologische Hüter der Salzablagerungen unter unserer Stadt führt den Leser durch die Geschichte. Es ist bewundernswert, wie klar Heinz Jussen die wirkliche Situation in Bosnien-Herzegowina erkennt: Wer die Opfer waren und wer der Aggressor war, und dass er, indem er Tatsachen fiktional gestaltet, auf eine sensible Art und Weise, ohne Übertreibung, seine Geschichte erzählt.

Diese Geschichte fängt mit dem Jungen Sandros an, führt weiter zur liebenden Frau, wo Zorica das Glück der Verlobung mit Vlado erlebt, aber auch die Tragödie seines Todes.

In der Geschichte begegnen wir immer wieder Suada, in deren Rolle sich die Tragik des furchtbaren Ereignisses manifestiert.

In weiteren Kapiteln – »Der Schakal«, »Der Händler«, »Der Professor«, »Das Kind«, »Der Irre« und »Der Dichter« – ersinnt Heinz Jussen langsam die Geschichte Suadas, der Bosniakin und Darkos, des Serben. Eine Geschichte, die von der ehrlichen Liebe bis zu Darkos Besessenheit vom Großserbentum führt, womit seine Liebe in Hass umschlägt und letztlich ins Verbrechen mündet, das er im Moment des Abschießens der Granate, an diesem schicksalhaften 25. Mai, begeht. Unter den 71 getöteten Bürgern von Tuzla am Kapija befindet sich auch Suada. Was auf mich großen Eindruck ausübte, ist die Stelle, in der Darkos Liebe in Hass übergeht, als er erfährt, dass Suada am Referendum teilgenommen hat und für ein unabhängiges Bosnien-Herzegowina stimmte.

In seinem Buch weist Heinz Jussen durch das Kapitel »Das Kind« auf den Genozid an den Bosniaken hin, der hier durch die ethnische Säuberung zum Ausdruck kommt.

In dem Buch begegnen die einzelnen Figuren TuzUr, dem Herrscher des Reiches der Reinigung. Auch wenn es nur zehn Personen sind, die »sein Ohr fanden«, so spürt man doch deutlich die durch den Nationalismus hervorgerufene Tragödie, die durch den Tod von 71 jungen Menschen am Kapija in Tuzla zum Ausdruck kommt.

Ich habe diesen tragischen Tag persönlich miterlebt. Ich bedanke mich bei Heinz für alles, was er als Humanist getan hat, aber auch für dieses Buch, mit dem er die Tragödie des 25. Mai 1995 spiegelt. Diese Geschichte empfehle ich herzlich zukünftigen Lesern.

Tuzla, 5. April 2005

Selim Bešlagić
Ehemaliger Bürgermeister von Tuzla (Bosnien)

Prolog

So, wie die göttliche Vorsehung nach ihren Gesetzen das Universum schuf und es lenkt, wie sie die Gestirne entstehen, sich vervollkommnen und vergehen lässt, so empfing jedes der Gestirne seine eigenen Wesenheiten, in denen Geburt und Grab, Aufbau und Zerstörung, Gut und Böse ineinander weben.

Unsere Erde entstand – und auf ihr Leben, das sich aus Meeren gebar, die, nachdem sich die Elemente des Feuers mehr und mehr ins Innere zurückzogen, aus der Tiefe entstanden und sich mit den Himmeln vereinten.

Aber auch die Meere zogen sich wieder zurück, um neue entstehen zu lassen. Was übrig blieb, waren ausgetrocknete Salzwüsten, und über die gewaltigen Salzschichten lagerte sich wiederum im Laufe von ewigem Zeitenwehen immer mehr Materie.

Und so wie die göttliche Vorsehung jedem ihrer Gestirne eine eigene Wesenheit verlieh, so auch der Erde und jedem auch noch so feinsten Teilchen ihrer Natur.

Noch weit bevor sich das Wesen »Mensch« entwickelt hatte und dieses den Vorgang von Vergehen und Wiederkehr beschleunigte, sich verband, sich ausdehnte und sich ansiedelte, weit bevor dies alles geschehen war, wirkten bereits neben den körperlichen, auch geistige Wesenheiten tief unter der Erde. Und der Vorsehung des göttlichen Planes entsprechend, nahmen sie die Seelen auf, die auf die Bestimmung ihres neuen Lebens, auf den Hauch Gottes warteten, der sie in eine von ihm vorgesehene Körperlichkeit hineinwehen sollte.

Über dem Reich Tuz hatten sich vor Hunderten von Jahren Menschenwesen angesiedelt, die bald von den besonders wertvollen Salzschichten der Unterwelt erfuhren, riesige Netze von Stollen hinein gruben und das von TuzUr behütete Mineral ausbeuteten. Dem Sprachgebrauch ihrer Zeit entsprechend, gaben sie ihrer Ansiedlung hoch über dem Reiche des Salzes von TuzUr den Namen Tuzla.

Und die Zeit der Ausbeutung ging bald zu Ende, und ihr folgte wieder eine des Ausfüllens, die Zeit der Tränen.

Die Kräfte des Bösen erhoben sich über die Kräfte des Guten. Ein Krieg zog übers Land. Die Tränen der Freude und des Lachens versiegten und die des Leidens flossen in Strömen, und ihr Salz lagerte sich ab im Netz der Salzstollen, tief unter der Stadt.

Dies alles verfolgte TuzUr mit großer Sorge.

T u z U r

Und als die Tränen des Leides sich weiterhin gewichtig über die der Freude wälzten, als die Seelen aus den getöteten Körpern, ihrem Jubel entbunden in der Tiefe der Salzstollen verharrend, vergeblich auf die Aufnahme in Körpern der aufgehenden Sonne warteten, beschloss TuzUr, der Herrscher über das Reich der Tränen des Lachens und des Weinens, eine Seele, die sich gerade aus einem Kokon der dunklen Mächte des Hasses herausgewunden hatte und vom Salze gereinigt war, im Körper eines Knaben erblühen zu lassen.

Seit dieser Vereinigung sind nun viermal sieben Monde vergangen. Mit jedem siebenten Mond verlieh die gereinigte Seele dem Knaben immer wieder eine Geburt des Glanzes, aus dem heraus sich Strahlen, Lachen und Jubeln wie aus den von der Morgensonne gestreichelten Tautropfen lösten. Sein Glanz zauberte Liebe in die Herzen der Menschen, die von Angst und Hass versteinert waren. Der dunkle Himmel des Bösen verlor sich in kleinen Fetzen und klarte in schmalen rötlich schimmernden Streifen auf. Strahlen der Morgensonne liebkosten das Land. Und wer dem Knaben Sandros begegnete, spürte, wenn sein Blick durch das Fenster seiner Augen zum Leuchten seiner Seele fand, seine eigene Seele in freudvollem Schauer erbeben.

Ein göttlicher Hauch des Friedens zog bereits frühlingsahnend über die Erde, als die Kräfte des Bösen mit wuchtiger Faust die ersten Strahlen der aufgehenden Sonne zermalmten. Und da saß der Knabe Sandros, von den starken Armen seines glücklichen Vaters schützend umschlossen. Ein winziger Splitter von tödlichem Eisen traf sein Herz, das Zentrum seines Seins, und seine Wärme zerfloss in die Kälte des Nichts.

Der Körper des Knaben erschlaffte auf dem Schoß seines Vaters, und seine Mutter suchte in seinen Augen vergeblich nach der jubelnden Seele ihres Sohnes. Das von TuzUr auserwählte Juwel schwebte über dem Korso der Stadt und mit ihm ein aufgewirbelter Schwarm hilflos wimmernder Seelen. Noch lange glitten sie über die vernichteten Körper, denen sie entrissen wurden, ehe sie sich der Seele des Knaben anschlossen.

Hier, in den in die Unendlichkeit verlaufenden Stollen, die sich durch die verschiedenen Salzschichten ziehen, wollten sie warten auf einen neuen Sonnenaufgang. Und TuzUr, der abwog zwischen dem Salz des Leidens und dem der Freude, der sah, wie das Salz der trauernden Tränen bereits die Stollen verstopfte, war sehr besorgt, und er beschloss, die Unterwelt zu verlassen und die blutende Erde zu betreten. Er verließ sein Reich und öffnete das Kapija, das Tor zur Ober- und Unterwelt. Hier, direkt vor dem Kapija, hatte das Böse gewütet und versucht, den Sonnenaufgang zu erwürgen, den Sonnenaufgang, den er für den Frieden gebären ließ.

Am Pfosten des Tores angelehnt, bemerkte er einen Mann, der der Wahrheitssuche und der Verkündung seiner Entdeckungen durch das Wort sehr zugetan, wie auch dem Festhalten von Unrecht, Willkür und Verderben, dessen von Leid zerfurchtes Gesicht von Tränen überschwemmt war. Vergeblich versuchte er, dem Strom von Worten, der hinter einem unüberwindbaren Wall festgehalten schien, zum Durchbruch zu verhelfen. Seine Sprache war in der kalten Nacht des Todes zu Eis geworden.

Und so verließ TuzUr den Dichter, dem er später noch einmal begegnen sollte.

Als er sich als Greis über das vom Blutfett dunkel gefärbte Kopfsteinpflaster schleppte, sah er, auf dem Boden kauernd, die Liebende.

Um sie herum hatten sich die tödlichen Splitter verirrt, sie aber nicht durchbohrt.

Und Zoricas klagende, von der fröhlichen Unbekümmertheit der Jugend aufgelöste Stimme suchte sein Ohr.

Die Liebende

Du bist alt. Was weißt du schon von der Liebe, die in unseren Herzen glühte? Keinen blassen Schimmer hast du davon. So wie unsere Lehrer, die von den historischen Zerrissenheiten und Zusammenwüchsen des Volkes, das wir sein sollten, faselten, wenn sie die Zukunft meinten, in die wir, die Jugend, hineinwachsen würden:

In ein Glück verheißendes Großserbien, über das der orthodoxe Gott seine schützende Hand hält, die einen und die anderen, von dem Bewusstsein einer allumfassenden Toleranz, in der die Fahnen von Serben, Kroaten und Bosniaken in einem Bosnien wehen, dessen Herz in Europa schlägt, über das Allah und Gott und der Papst gnädig ihre Arme ausbreiten.

Wie gesagt, sie redeten und hatten doch kaum Ahnung von unserer Angst und unserer Sehnsucht nach Weite, Offenheit und Liebe.

Als hier vor drei Jahren aufgescheuchte und fliehende Soldaten wie Grenadiere des Todes wild um sich schießend durch die Häuser und über die Straßen rannten, als wir uns in unseren Wohnungen flach auf den Boden warfen, um nicht von den Geschossen getroffen zu werden, und als wir dann in die kalten Keller flüchteten, da glaubten wir, die Sonne sei erloschen und ewige Nacht zöge übers Land.

Samir, der zufällig Vertretungsdienst bei Radio Television Tuzla machte, rannte, wie von tausend Hunden gehetzt, mit seiner Kamera zur Kreuzung Brcanska Malta, die gleich vor unserem Haus liegt. Seine Bilder pflückten wir vom Bildschirm, sie waren das letzte Licht, das wir mit in die Nacht nahmen. Eine Nacht, von der wir glaubten, sie habe die Sonne für immer erstickt.

Doch, was wir da noch nicht ahnten, die Keime der Liebe, des Lebens, der Sehnsucht waren von den Sonnenstrahlen schützend umschlossen worden, und langsam durchstießen ihre Blüten die vom Hass verkrustete Erde.

Und als wir langsam aus unseren Löchern gekrochen kamen und uns den Schutt der Angst aus den Kleidern klopften, weinte der Himmel in grenzenlosem Schauer. Unzählige Salzkörner schichteten sich in den Tiefen der Stadt. Doch immer wieder und immer häufiger traf ein vorsichtiges Blinzeln unserer Augen einen vereinzelten Strahl der Sonne, der aus den schwarzen Wolken hervorschimmerte.

Na gut, so war es damals, und so sah ich auch Vlado wieder. Der verrückte Kerl wollte unbedingt Theater spielen. Verstehst du das? Theater spielen! Theater spielen, wo wir doch selbst in der furchtbarsten Tragödie lebten, in der wir unsere Toten, Geschundenen und Gedemütigten betrauerten.

Bestimmt sahen seine sterbenden Augen in dem Wüten des Todes am Abend des fünfundzwanzigsten Mai auch nur einen unverhofften, nicht so recht eingeplanten Aufzug eines Stückes, von dem er noch nicht wusste, ob es ihm bekannt sei.

Er lief mit Murat ein paar Meter hinter uns über dem Korso. Suada, mit der ich lachend Arm in Arm ein paar Meter vor den beiden lief, löste sich scherzend von mir. Sie wollte meinem Freund, hm, meinem Verlobten, irgendetwas sagen.

Ja! wir hatten uns in der vergangenen Nacht heimlich verlobt. Ich brauchte für die Nacht eine Ausrede, und so hatte ich meinen Eltern erzählt, dass ich mit Suada etwas Besonderes zu feiern hätte und dass ich bei ihr übernachten würde. Zum Glück wollten sie nichts Näheres wissen. Aber ich war mir sicher, dass zumindest mein Vater das mit Vlado erahnte und deshalb nicht nachfragen wollte.

Zu meinem Geburtstag, den ich vor ein paar Tagen gefeiert hatte, schenkte er mir nämlich zwanzig Marka – weiß der Himmel, wie er sie zusammengebracht hatte – für Klamotten. Ich wüsste schon, wie diese aussehen sollten.

Vlado und ich, bis in die Haarspitzen verliebt, saßen am Modrac-See, am Strand unterhalb der Promenade – und ich wollte doch eigentlich nicht mit meinem neuen schwarzen Rock im Sand sitzen.

Vlado hatte auch einen Anzug aufgetrieben. Er trug sogar eine weiße Fliege, die unter dem schmalen Streifenbart an seinem Kinn wie die Flügel einer verirrten Taube wirkte. Mensch, war das komisch, und unser Glück perlte auf wie die Bläschen in unseren Sektgläsern, die Vlado in irgendeinem Lokal da oben an der Promenade stibitzt hatte.

Und dann, als die letzten Lichter der Restaurants erloschen und nur noch die Bässe aus einer Disco durch die Nacht wummten, als das letzte Stöhnen und Jauchzen eines Liebespaares, das da vorne in irgendeinem der Boote schaukelte, verstummte, als der kühle Hauch des Morgens die Tautropfen an den Strandgräsern um-schmeichelte, löste sich Vlado aus unserer Umarmung, schob die kratzige Militärdecke beiseite, krempelte seine Hosenbeine und Ärmel hoch, zog seine Schuhe aus, sprang auf wie eine federnde Heuschrecke, breitete seine Arme weit wie ein Kranich zur Seite und lief, wie unsichtbaren Serpentinen folgend, zum See hinunter.

Und seine Stimme klang wie ein Schrei, der aus der Unendlichkeit des Universums und der Tiefe des Sees zugleich zu kommen schien:

Ich liebe dich! Ich liebe dich! Ich liebe dich!

Dabei zog er das »i« von »liebe« so weit in die Länge, als wolle er damit den ganzen See überziehen, damit es dort für immer als Nebelhauch schweben bleibe.

Ich hatte mich erschrocken aufgerichtet und hörte ihn weiter jubeln, während seine Kurvenstrecke inzwischen am Ufer auf und ab verlief. Seine Arme schienen sich noch weiter auszubreiten, so, als wollte die eine Hand das Wasser und die andere mich erreichen:

Ich liebe dich, See! – Ich liebe dich, Zorica! – Ich liebe dich, Welt! – Ich liebe dich, Zorica! Ich liebe dich, Welt! Ich liebe! Ich liebe!

Und dann, als der Morgen bereits einen zarten Silberstreifen aufleuchten ließ und der Mond langsam verblasste, sah ich meinen geliebten Vlado bereits im Wasser stehen. Wild winkte er zu mir hinüber, so, als wolle er mir einen im Wasser entdeckten Schatz zeigen.

Zunächst weigerten sich meine vor Kälte erstarrten Glieder, auch nur einen Schritt zu tun. Doch dann merkte ich, wie die Schwere sich langsam aus meinem Körper löste und mich eine Leichtigkeit umfing, die mir die Schwerelosigkeit eines durch die Lüfte gleitenden Vogels verlieh. Meine Schuhe hatte ich verloren, und mein Haar hatte sich aus dem roten Samtband gelöst, als ich ihn, der inzwischen wie ein liebestoller Wolf heulte, erreicht hatte.

Vlado stand bereits bis zu den Knien im Wasser und hopste wild von einem Fuß auf den anderen, dabei spritzte er, mit beiden Händen in den See platschend, mit Wasser nach mir. Ich legte die Arme schützend vor mein Gesicht, drehte mich etwas zur Seite, und mir war, als wolle etwas in mir vor ihm weglaufen und etwas Anderes zu ihm hin.

In diesem Moment löste sich Vlados Wolfsgeheul auf, und ganz still, dem Rhythmus der sanft strandenden Wellen angepasst, hörte ich ihn halb flüsternd, halb summend:

Zorica, Zorica, Zorica, ich liebe dich! Ich liebe dich – wie die Sonne den Wind!

Und als er meine Hand nahm, als wir Schritt für Schritt weiter in den See staksten, als wir Stück für Stück unserer triefenden Festtagskleidung von unseren Körpern streiften, als wir schultertief im Wasser standen, als wir lustfröstelnd unsere nackten Körper umschlangen, als wir in die Weichheit unserer Liebe versanken, traf uns der erste Strahl der aufgehenden Sonne.

In Vlados feuchten Augen funkelte ein flimmerndes Rot, als er ausrief:

Ich grüße dich, du junger Morgen, du Aufgang der Liebe und des Lichts!

Dabei streckte er seine rechte Hand der Sonne entgegen, während er mich mit der linken Hand festhielt und fest an sich drückte.

Dann küssten wir uns lange und mich umfing das Beben der Vereinigung von Mann und Frau, wir spürten in uns das Glück unserer jauchzenden Kinderseelen, die mit diesem Morgen neu geboren wurden.

Als wir später unsere nassen und bibbernden Körper trocken gerubbelt hatten und wieder unter der kratzigen Decke saßen, flüsterte Vlado mir ins Ohr, er müsse mir noch etwas gestehen.

Dazu löste er sich aus unserem Liebesnest, kniete sich, von mir abgewandt, in den Sand, dann faltete er seine Hände zusammen und legte sie vor seine Knie. Seine Unterarme hatte er auf dem Sand so gespreizt, dass sich die Form eines Dreiecks ergab. Nun legte er seinen Hinterkopf in die nach oben zeigenden Handflächen, wippte sein Becken hoch, so dass es mit dem umgekehrten Rumpf senkrecht über den Händen nach oben ragte. Dazu hatte er sich mit den Beinen abgestoßen, die er nun aus den Kniegelenken heraus zum Himmel streckte. – Ich kannte diese Figur, die er Yoga-Kopfstand nannte, aus der Anfangszeit unserer Freundschaft –. Sein Gesicht war wieder mir zugewandt, als er mit pathetisch verklärter Stimme anhob:

Liebste Zorica, du siehst, die Welt steht Kopf und ich auch! Und ich verspreche dir, nie wieder werde ich mit meinen Füßen diese Erde betreten, bevor du auf meine nun folgende Frage nicht mit einem klaren Ja! antwortest. Denn Frage und Antwort werden eine Einheit bilden, die uns wie ein Ballon in den Himmel steigen lässt. – Liebste Zorica, liebste Freundin, liebste Geliebte, willst du meine Frau werden? –

Ich spürte plötzlich eine verrückte Angst in mir, er könne seine Drohung wirklich wahrmachen und nie wieder auf seinen beiden Füßen vor mir stehen. Deshalb purzelten ganz schnell viele Jas, wie die einem Nest entflohenen Küken aus meinem Mund. Doch Vlado ließ das nicht gelten.

Ein, betonte er – ein klares, Ja!

Und ich legte meinen Kopf so vor seinen in den Sand, dass mein Mund seine Stirn fand. Dann suchte ich weiter oben nach seiner Nase, darüber nach den beiden Lippen, die ich mit meiner Zunge streichelte. Und nach einem kleinen Umweg über Hals, Brust und Achseln knabberte ich an seinen Ohrläppchen, und in die linke Ohrmuschel hinein hauchte ich ganz weich und rief mein Ja!

Inzwischen lag die Morgensonne schon blutrot über dem See, draußen suchten Boote nach einem geeigneten Angelplatz, und das ferne Brummen ihrer Motoren vermischte sich mit dem quirligen Zirpen der Vögel.

Und beim Anziehen unserer nassen Festtagsklamotten, die kalt und zerknittert an unseren Körpern klebten, sagte Vlado plötzlich in einem Wortspiel, das ich zunächst nicht verstand:

Übrigens, ich habe dir noch nicht gestanden, was ich dir gestehen wollte.

Jetzt fielen mir wieder seine Einleitungsworte vor seinem Kopfstand ein.

Deine und meine Eltern werden sich heute Abend begegnen, »rein zufällig«, versteht sich. Ich habe sie, ohne dass die einen von den anderen wissen, für einundzwanzig Uhr ins Kapija eingeladen. Du weißt, die Zahl drei ist eine magische Zahl, und die Zahl sieben ist eine magische Zahl. Drei mal sieben sind einundzwanzig.

So verband Vlado Magie und Mathematik und ließ beides in Romantik münden.

Um einundzwanzig Uhr verabschiedet sich die Sonne, die für uns heute Morgen geboren wurde.

Und dann streichelte er ganz langsam, als wolle er das Gespür zu jeder Pore in seinem Herzen für immer verankern, mit seinen zarten Lippen mein Gesicht:

Heute Abend, flüsterte er, wenn unsere Sonne schlafen geht, wirst du meine Prinzessin und ich dein Prinz sein.

Als die Granate seinen Körper zerriss, fehlten drei Minuten bis einundzwanzig Uhr.

Ich bin gegen die Wand geschleudert worden. Sein Blut floss mit einer derartigen Heftigkeit aus seinem Körper, als wollte es bis zu unserem See strömen, und seine rechte Hand streckte sich der untergehenden Sonne entgegen. Vielleicht wollte er sie vor ihrem Tod schützen.

Sie, die für unsere Liebe geboren wurde.

Später fand man den Ring in der Tasche seiner Festtagshose.

Er lag in einem blauen Schächtelchen, und auf dem mit Blut verschmierten Deckel stand:

Der kleine Prinz, der nach der Sonne greift.

Und TuzUr entließ Zorica in die Einsamkeit ihres Herzens.

Fernab – fast unsichtbar, in der Nähe eines Abflusses, unruhig auf und ab tänzelnd – winkte ihn lockend: der Schakal.

Der Schakal

Was glotzt du mich so blöd an, eh? Du stehst natürlich über dieser ganzen Scheiße, ne. Du machst deinen Reibach da oben irgendwo in den himmlischen Sphären und ich eben hier unten, und zwar ganz unten – so ist das!

Ja, ja, ganz unten bin ich zu Hause, da ist mein Reich. Ich bin hier der Beste, der König. Ich rieche aus der Scheiße heraus das Gold, verstehst du? Der Abfall ist mein Reich. Da, wo gefallen wird, wo alles fällt, abfällt, da fällt für mich an, für mich Beute an – verstehst du? Ich rieche aus dem Abfall heraus die Beute, die für mich anfällt, ha!

Und hier am Kapija gab es viel Abfall, und ich roch viel Beute. Verstehst du, für die bin ich Dreck. Und weil ich Dreck bin, dulden sie mich und hassen sie mich und, ha, lieben sie mich. Ich bin die Verkörperung der Materie, die sie fortwährend in sich spüren. Verkörperung der Materie, ich, der Körper ihrer Materie, ich, die Verkörperung ihres Drecks, ich, die Verkörperung ihres eigenen stinkenden Mülls.

Ist das nicht schön, Alter? Sie brauchen mich, weil sie sonst an ihrer eigenen Scheiße ersticken, und weil sie mich brauchen, füttern sie mich. Sie brauchen mich, weil sie an mir dulden können, was sie bei sich wegjagen. Sie brauchen mich, weil sie bei mir wohltätig sein können, da, wo sie das Wohltun bei sich wegjagen. Mich können sie auch wegjagen, aber ich komme wieder. Sie können ihre Wut schön in Granaten packen, und sie können sie auf sich feuern, verstehst du? Sie können sich in ihrer Wut, in ihrem Hass zerreißen. Ha! ich bin einfach da, immer da! Da, wo ihre vom Hass zerrissene Liebe den Abfluss hinunterläuft.

He, Alter, siehst du hier den Gully? Hier strömte alles hinunter: Erst viel Blut und dann viele, viele Tränen.

Da oben, da vorne lagen sie alle.

Ich roch die Granaten. Ich roch die Granaten schon sehr früh, so, wie ich sie immer gerochen habe. Ich roch die Granaten so, wie ein Schakal seine Beute riecht. Und wenn sie dann einschlugen, war ich da. Ja, wenn da irgendwo eine Granate einschlug, war ich da.

Ich war da, wo ihre Systeme durcheinandergeraten waren, nicht mehr stimmten, nichts mehr stimmte, nichts mehr in einander passte, alles zerrissen und durcheinander war, dann waren sie nur mit all ihrem Zerstörten, mit all ihrem Kaputtsein beschäftigt.

Ich brauchte nur da zu sein und zu greifen und zu raffen, verstehst du? Und es gab immer viel zu raffen. Es lag einfach rum, ein bisschen Money und Schmuck und so.

Viel, viel gab es zu raffen. So wie damals, verstehst du? – der Einschlag, direkt neben der Bank. Neben dem Geldpalast. Der Geldpalast daneben. Der Geldpalast da oben.

Da oben, da rafften sie und verschoben es wieder. Ja, da oben raffen und verschieben sie, und hier unten nehme ich mir das, was mir zusteht.

Mein Riecher war am fünfundzwanzigsten Mai besonders gut. Natürlich hörte ich den Einschlag der ersten Granate, und die meisten hier am Kapija hörten sie auch. Doch sie wollten nicht – verdammte Scheiße! Sie wollten sie einfach nicht hören.

Verdammt viel Liebeslust lag über dem Korso. Verdammt viel lüsternder Liebesschweiß kam mir in die Nase. In solchen Zeiten bin ich noch mehr die Null für sie, da wollen sie sich nicht durch einen wie mich, der da unten im Sumpf watet, der nach Dreck stinkt, durch so einen wollen sie sich nicht stören lassen.

Auch die Detonation der zweiten Granate, die schon bedrohlich näher zu hören war, konnte sie nicht aus dem warmen Bad ihrer Lust, ihrer Lüsternheit herausreißen.

Ich wusste, die da oben auf Ozren schossen ihre Zielspur: Nach jedem Mal Abfeuern, die Kanone noch genauer einstellen. So machen sie es immer. So machen sie es, bis sie ihr Ziel gefunden haben.

Und bevor die dritte hier am Kapija einschlug, hatte ich mich schon hierhin verkrochen.

Okay, es war schon scheiße, verdammte Scheiße! Mit so viel Feuer und Blut und Schreien hatte ich nicht gerechnet. Suadas Kopf mit Brust und Arm dran fiel mir fast in den Schoß. Verdammte Scheiße! Verdammte Scheiße!

Suada! schrie ich, nein, Suada, nicht du!
Und dann sah ich das goldene Kettchen um ihren Hals mit den zwei Anhängern daran. Ich wusste, das orthodoxe Kreuz war von Darko.

Ich sprang über Suada hinweg. Ha! Da bin ich verdammt schnell!

Ihre Systeme waren durcheinandergeraten, verstehst du? Da stimmte nichts mehr, alles passte nicht mehr so zusammen, alles lief aus. Mein System funktionierte hervorragend: da stimmte alles, da passte alles zusammen, da floss auch vieles, alles in meinen Beutel. He – hier, siehst du: Kettchen, Ringe und immerhin ein paar Scheinchen.

Dann lief ich zurück zu Suada, verstehst du? Zu dem Stück Suada. Zu dem, was Suada mal war. In ihrem Gesicht war so etwas wie Unschuld und Staunen und Lächeln zugleich. Ein Lächeln, wie immer dann, wenn sie mir einen Kaffee ausgab:

Hier, für deine hungrige Seele, sagte sie dann immer, damit deine grauselige Seele nicht verdurstet.

Dabei zwinkerte sie mit dem linken Auge, und selbst Darko, ihr serbischer Freund, der damals oft bei ihr stand, grinste dann so, dass zwei dicke Falten von seinen Mundwinkeln bis zu seinen Ohren liefen – verstehst du? Und heute hat er die Granaten gefeuert – Scheiße! Aber er ist ein verdammt guter Junge.

Oh, verfluchte Scheiße, Suada, da lag sie, die goldige, die engelgleiche Suada.

Hier, peil das mal an! Gestern hat sie mir dieses weiße Hemd geschenkt. Es war so verdammt weiß, so schön rein und Lavendelduft war drin und viel, viel Liebe.

Damit du mal anständig aussiehst, hat sie gelächelt. Damit ich mal anständig aussehe. Verstehst du das, Alter?

Oh, da hinten steht er, ich muss hin, ich muss Beute abliefern. He, Alter, glotz nicht so blöd, ist doch alles Okay, oder?

Das Gesicht des Schakals fand wieder zu seiner Häme zurück. Seine Oberlippe bis zur Nase hochgezogen, zur Nase, die nach Beute roch.

Und hinten, in einem Sonnenstuhl tief versunken, mit Gold an Fingern, Handgelenken und Hals, saß einer, der alles roch: Das Blut, den Mammon und den Schakal, sogar Worte, die noch nicht gesprochen waren:

TuzUr erkannte den Händler.

Der Händler

Nun hör mal zu und halt's Maul!

Du kannst ja deinen Edelmut durch goldene Plaketten oder ein Denkmal oder so'n Scheiß veredeln lassen. Aber von dem, was hier abgegangen ist, hast du keinen blassen Schimmer. Klar?

Okay, wir haben die Kacke ein bisschen am Dampfen gehalten oder beschleunigt. Das Dope musste rollen, genauso wie die Kalaschnikows, die Kanonen und die Granaten. Fetzte natürlich ganz schön, und was dann durch die Luft flog, waren nicht nur Klamotten, wie zum Beispiel die von Suada.

Okay, in dem T-Shirt war noch ganz schön viel Suada drin, aber alles war nicht mehr so zusammen, verstehst du? Der rote Saft konnte nicht mehr so fließen, zwischen Beinen, Bauch, Brust und Kopf und so – ist dann alles raus geflossen, auf die Straße und so.

Klar, Dollar und Deutsch-Marka sind auch geflossen, aber die hielten den Körper, also den Krieg, ganz schön zusammen. Der Schotter konnte immer ganz gut fließen, nicht so einfach auf die Straße, so wie die rote Körperbrühe. Klar?

Knarren und Granaten machten Probleme, aber nicht nur denjenigen, die es abbekamen, auch denen, die den Zauber abschickten, machte es manchmal irgendwie Probleme. Aber das ist mehr so'n psychologischer Scheiß. Ja, und damit die Jungs damit besser umgehen konnten, gab's halt unser Dope. Auch dann, wenn die mal 'ne Frau so'n bisschen aufrissen. Vorher unsere Spezialmischung, hinterher vielleicht auch noch mal – und die Sache war geritzt.

Okay, ich kannte Darko und Suada ganz gut. Hat mit meiner komischen Familie zu tun. Ich wusste so einiges von ihnen. Mit meinem Geschäft wollten sie allerdings nie etwas zu tun haben. Schade! Aber sie waren schon in Ordnung, die beiden.

Ob Darko, also der Lover von Suada, auch vorher gedopt war, kann ich dir nicht ganz genau sagen. Aber er wusste an dem fünfundzwanzigsten Mai neunzehnhundertfünfundneunzig ganz genau, was da auf dem Korso in Tuzla abging.

Mensch, Titos Geburtstag, Tag der Jugend – das lief hier schon seit Jahrzehnten so – dazu Flirten, Frühlingswärme, knallblauer Himmel, der gerade anfing, sich vom Tag zu verabschieden. Es waren genau drei Minuten vor neun. Exakt da hinein hat er den dritten Kracher abgeschickt – er mit den anderen zusammen. Befehl von oben. Mitten rein, und dann ist er ja auch präzise am Kapija gelandet, da wo am meisten los war.

Ha, ich konnte mir genau vorstellen, wie Darko an seiner Kanone geflucht hat. Ich kannte diese Sprüche:

Muss sein, die Scheißtürken, diese Scheißverräter, die sollen abhauen aus Tuzla, diese dreckigen Arschlöcher! Tuzla den Serben, Bosnien den Serben! Jawohl!

Ja, ich wusste auch von seinen Bedenken und seiner inneren Zerrissenheit. Er hat mir manchmal davon erzählt:

Okay, sagte er damals, da gibt es unter den Scheißtürken ein paar gute Kumpels, zum Beispiel den Murat, den Amir und so, mit denen zusammen hab' ich in der Jugendmannschaft von Sloboda Fußball gespielt.

War 'ne verdammt gute Mannschaft. Okay, war alles mal, und jetzt ist Schluss mit Bruderschaft und Gemeinschaft und diesem ganzen Gesabber!

Vielleicht ging das alles dem Darko da oben auf Ozren durch die Birne. Und Suada? Nee, an die dachte er bestimmt nicht, wollte er nicht denken. Nicht an die frühlingswarmen Tage auf der Hütte im Majevica-Gebirge und da unten am Modrac-See. Wollte nicht daran denken, wie er mit ihr zusammen da oben auf Ozren, da, wo seine Kanone stand, die sozialistische Jugendweihe erhielt. Wollte nicht denken an das feine Goldkettchen, das er ihr hier um den Hals gelegt hatte.

Auch davon hat er mir mal erzählt, in einer Zeit, in der der arme Junge überhaupt nicht mehr klar denken konnte, so scharf war er auf seine Suada. Hier – kannst mal rein hören. Ich habe dieses Band immer laufen – übrigens auch jetzt. Mit den Aufzeichnungen unserer Gespräche habe ich die Jungs am Haken, und die wissen, dass ich sie jederzeit den Wölfen zum Fraße vorwerfen kann.
Ha, ha!
Also hör dir mal den Darko von damals in seiner Poetensprache, wie er sie nannte, an:

Okay, ich schenkte meiner geliebten »Türkin«, ha, ha, dieses Ding mit dem verdammten Anhänger dran. Ja, sie hat sich da ein bisschen geziert. Okay, sie hat sich immer ein bisschen geziert. Mit Ficken ist bei ihr nichts zu machen. Aber, die Frau ist weich, verdammt weich, nicht nur Titten und so. Und wenn sie lacht, kommt da aus ihrem Mund ein Glucksen und Prusten, und nicht nur der Mund lacht, auch die Augen, die Wangen, die Nase, die Ohren; Mensch, der ganze Kopf lacht. Ihr Körper biegt sich, die Beine wippen und machen verrückte Sprünge. Alles an dieser Frau lacht, wenn sie lacht. Und wenn sie so prustend lacht, dass sie es nicht mehr aushalten kann, presst sie ihre Hände vors Gesicht, um ihr Lachen dahinter festzuhalten, dann reißt sie die Hände weg und ihr Lachen fliegt hinaus wie ein bunter Schwarm liebestoller Paradiesvögel.

Ja, so verliebt konnte dieser Kindskopf Darko quatschen. Er war völlig aus dem Häuschen; eben total verliebt, der Arme, und – darauf kannst du Gift nehmen – ist er heute auch noch.
Also jetzt zurück zur Sache. Darko hatte die Topove, also die Kanone, hinten auf Ozren präzise ausgerichtet. Das hatte er gelernt, das konnte er. Genau berechnet, navigiert, austariert, genau austariert, und dann ab mit den Krachern.

Okay, vor dem Kapija war, wie gesagt, ganz schön was los – und bei all dem Gejammer über das Blutvergießen muss man doch eines klar festhalten:

Der Darko und die Jungs haben's hingekriegt. Also, so rein technisch gesehen, muss man da auch ein bisschen Respekt rüberbringen. Sie haben ihr Ziel hundertprozentig erreicht, ihre Aufgabe hundertprozentig erfüllt.

Okay, gehen wir noch mal einen Schritt zurück. Da gab's Suada auf dem Korso direkt vor dem Kapija. Sie war verdammt gut drauf an diesem warmen Frühlingstag.

Sie und Zorica, anfangs Arm in Arm, haben sich totgelacht über die plumpe Anmache von einigen Typen. Und wie Suada lachen konnte, davon hast du ja schon gehört.

Aber hierzu ganz unter uns: Auch hier auf dem Korso hatte ich meine Jungs im Einsatz, und, ha! – die haben nicht nur Gras unters Volk gebracht. Alles für gutes Geld, versteht sich.

Du weißt ja, der Schotter floss und fließt immer noch. Auch wenn in diesem Scheißland eine Menge verrecken mussten, weil sie nichts zu fressen hatten. Kohle für Dope und natürlich auch für Kippen gab's und gibt's immer.

Apropos »Kippen« – wie du ja weißt, konnte man eine Stange Marlboro für sieben Marka und achtzig in Posušje, also dem Ort direkt hinter der Grenze, wenn du aus Richtung Split kommst, kaufen. Eine Stange, zehn Packungen. In Zenica sind sie dann Schlange gestanden, unsere Kunden, ha, ha! – für einen Zug aus der Fluppe standen sie brav an. Für einen verdammten Zug hatten sie eine Mark zu löhnen. Na ja, diese kleinen Geschäftchen liefen für uns nur am Rande.

Natürlich stieg an diesem fünfundzwanzigsten Mai neunzehnhundertfünfundneunzig auch verdammt viel Zigarettenqualm, vom Kapija aus, in den Himmel. Die Stängel waren inzwischen schon billiger zu haben, und neben Marlboro gab es natürlich auch noch eine Menge Billigkraut auf dem Markt.

Wie gesagt, buntes Jungvolk flanierte auf dem Korso. Vor dem Kapija trank man Kaffee, qualmte, quatschte und lachte man. Irgendwo in der Ferne hatte man einen dumpfen Knall wahrgenommen. Aber das gehörte hier zum Alltagleben dazu. Doch die zweite Granate hörten wir schon verdammt nah – und Suada schien etwas zu ahnen. Sie blieb wie angewurzelt stehen. Die meisten allerdings lachten sich die Angst von der Seele. So auch der zweijährige Knirps auf dem Schoß seines Vaters. Er krächzte vor Vergnügen, und gerade als seine Mutter ihm lachend den Sabber aus dem Gesicht wischen wollte, hatte die dritte Granate ihr Ziel gefunden.

Es war nur ein scheißwinziger Splitter, der sein kleines Herz zerfetzte.

Diese dritte Granate war schon ein Hammer. Du kennst die Dinger ja: eine verdammte Splittergranate. Ich hatte mich hier prima abgeduckt und konnte jede hundertstel Sekunde des Schauspiels aus meiner Deckung heraus beobachten:

Mitten in diesem allgemeinen Gezeter, Gebrülle und Gekreische sah ich meine Suada. – Oh Mann, ich konnte dieses Mädchen verdammt gut leiden –.

Einige hatten sich an Häuserwänden hingeschmissen oder sich einfach auf den Boden fallen lassen, andere haben sich ins Café verpisst.
Verdammte Scheiße! – Mir zog es die Kopfhaut wie Krepppapier zusammen.

Ich sehe Suada auch jetzt noch direkt vor mir:
Ihre Augen, anfangs noch vor Erstaunen weit aufgerissen, verengten sich zu angstvollen Schlitzen, und dann explodierte ihr Körper einfach auseinander. Das Einzige, was bei ihr noch einigermaßen zusammenhielt, waren Kopf, Hals und die linke Brust mit dem linken Oberarm dran.

Eigentlich ganz schön viel, was da noch zusammenhielt. Man hat das Ganze später im ersten Stock des Hauses gefunden, das dem Kapija gegenüberliegt. Und weißt du, was mein Schakal an ihr noch gefunden hat? Um ihren Hals trug sie ein feingliedriges Goldkettchen, daran zwei Anhänger: der muslimische Halbmond und dahinter, ganz zierlich klein, ein orthodoxes Kreuz.

Es muss wohl das Geschenk der Liebe von Darko gewesen sein.

Und während der Händler gelangweilt den Deckel seines Handys aufklappte, das einladend ein Motiv aus Mozarts »Kleine Nachtmusik« tirilierte, und er langsam in die Welt des Raffens und Schiebens tauchte, fanden TuzUrs Augen, vor einer von der Wucht der Granate aufgerissenen Fensterhöhle stehend, den Professor.

Der Professor

Meine Damen und Herrn,
die Granate, die am 25. Mai 1995 auf dem von vornehmlich Jugendlichen frequentierten Platz vor dem Café Kapija in Tuzla niederging, forderte das Leben von 71 Menschen und verletzte über 160 zum Teil schwer.

Dieser gezielte Angriff auf Leben und Gesundheit, der von Menschen an Menschen verübt wurde, impliziert sicher eine Tragik für die Opfer und ihre Angehörigen, aber auch – und das darf hier nicht verkannt werden – Genugtuung für die Initiatoren und Vollstrecker dieser Aktion.

Ihre, sicherlich verständliche Gefühlsaufwallung in Form von Trauer um die Toten, Ihre Empörung oder gar Ihr Zorn über den kriegerischen Akt sind jedoch lediglich emotionale Reaktionen, die wenig dazu beitragen, die Muster menschlichen Verhaltens zu analysieren, sondern, im Gegenteil, eine notwendige sachliche Betrachtungsweise einer vielleicht nicht so angenehmen Seite menschlichen Denkens und Handelns, vernebeln.

Ob es uns passt oder nicht, das Zitat »Der Mensch ist des Menschen Wolf« berechtigt bei nüchternem Hinschauen den Menschen als ein Wesen zu sehen, das in der Dialektik des Zeugens und Vernichtens seiner selbst einen seiner Daseinsaufträge spürt. Während er für den erstgenannten Vorgang in der Regel mit dem trivialen Synonym »Liebe« eine emotionale Dimension anreißt – wobei, das darf hier nicht verkannt werden, lediglich eine finale Fiktion gemeint sein kann, also eine Dynamik, die von der Sehnsucht nach einem Ist-Zustand geleitet wird, der in der ersehnten Form nie eintreten kann –, dokumentiert er für den zweitgenannten Vorgang mindestens drei Begriffseinheiten, nämlich die allgemein umgangssprachlich benutzte Einheit »Sterben« und die juristisch zu differenzierenden Einheiten »Töten« und »Morden«.

Da ich meinen Vortrag auf Wesentliches komprimieren möchte, soll hier auf weitere Differenzierungen wie »Vernichten, Vergasen, Ausrotten« und so weiter nicht eingegangen werden.

Lassen sie mich also zurück zu dem Ereignis kommen, das sich am 25. Mai 1995 vor dem Jugendcafé Kapija in der Fußgängerzone in Tuzla abspielte.

Unter den nationalistisch orientierten paramilitärischen Einheiten, den so genannten »Tschetniks«, soll es also jenen jungen Mann mit dem Namen Darko gegeben haben. Er kannte diesen Ort im Ozren-Gebirge, an dem sich die Stellung seines Granatwerfers befand, sehr gut. Hier fand vor Jahren der Lebenstraum seiner Jugend einen Höhepunkt, eine Vervollkommnung. Hier bekam er die sozialistische Jugendweihe. Die Phase des Kindseins näherte sich dem Ende und die Orientierung zum Erwachsenwerden wurde das Maß seiner Welt.

Erwachsenwerden bedeutet auch, kindliche Sehnsüchte verblassen zu lassen und die Sinne für die Wahrnehmung real scheinender Konturen zu schärfen. Bei diesem Prozess kommt dem Zusammenspiel von Angst und Aggression eine erhebliche Bedeutung zu. Für beides braucht der Mensch Erklärungsmuster. Diese setzt er wiederum zusammen aus Informationen, die ihm die Berechtigung seiner Ängste bestätigen und aus Informationen, die ihm die Ableitung der Ängste in Form von Aggression rechtfertigen. Nennen wir dieses ganze Denk-, Trieb- und Handlungsgefüge Meinungsbild oder Meinungsmuster, in dem sich der Mensch in seinem Sein wahrnimmt und äußert.

Der junge Serbe hatte also ein klares Meinungsbild, das ihm zum Abschießen der drei Granaten nicht nur Rechtfertigung, sondern sogar Notwendigkeit suggerierte. Dieses Bild kann wie folgt umrissen werden:

Wir Serben sind erstens durch ein amerikanisch-europäisches Hegemonialstreben und zweitens sehr konkret hier in Tuzla durch eine muslimische Verschwörung gegen unsere Heimat, gegen unser serbisches Vaterland, bedroht. Und ich schwöre es: Da, wo ein serbisches Grab ist, da ist serbisches Land! Und für dieses Land kämpfe ich und für dieses Land werde ich notfalls sterben. Wir wollen nicht wieder, wie im Kosovo vor 600 Jahren, als verratene Verlierer in die Weltgeschichte eingehen. Wir trotzen der feindlichen Macht! Wir sind groß! Wir sind stark! Wir sind stolz! Wir sind Serben! Es lebe Serbien, und jetzt ab, ihr Granaten! Zermalmt sie!

Weitere zielbewusst eingesetzte Informationen verstärken das Funktionieren des Angst-Aggressions-Mechanismus.

Da gab es zum Beispiel die hinterlistigen Tuschelinformationen und die zur konkreten Bedrohung verkehrten Lügen. Von Listen wurde geraunt, von Deportationslisten, in denen die Namen serbischer Bürger und Familien stünden, und natürlich auch von den Landforderungen der ehemaligen muslimischen Großgrundbesitzer an die serbischen Bauern.

Meine Damen und Herren, vergessen wir bitte nicht die Flut von Informationen, die seit Jahren die verzerrten Meinungsbilder aller Beteiligten mit wohl überlegten und wohlproportionierten Mosaiksteinchen versahen.

Da wurden unzählige Türen halb geöffnet, hinter denen Halbwahrheiten lockten und auf das vollständige Öffnen warteten. Sie wissen, meine Damen und Herren, von den aus Saudi-Arabien eingeschleusten Mudschahedin-Kämpfern, die in Zenica bereits dabei sind, den Wahhabismus systematisch zu indoktrinieren und muslimisch-fundamentalistische Strukturen aufzubauen.

Viel Gift ist geflossen – und fließt immer noch. Da flimmerten auf den Mattscheiben der Television Bilder der vor Mut strotzenden jungen Helden, die von glückstrahlenden wunderschönen Mädchen geküsst werden, von ganzen Kerlen, die lachend und Kalaschnikow schwingend ausziehen, um das Vaterland zu verteidigen. Und damit das Ganze auch weich und tief genug eindringen kann, werden diese Erscheinungen mit nationalistisch stimulierender Marschmusik umkränzt. Ein Vaterlandslied auf den Lippen. Die Sonne des jeweiligen Gottes über sich strahlend und zur Rechten und Linken perlende Bäche und glücklich spielende Kinder. Dafür lohnt es sich zu kämpfen! Dafür lohnt es sich, Blut zu vergießen!

Das alles hatte sich auch in Darkos Kopf eingebrannt. Und somit, meine Damen und Herren, war die Legitimation zum Abfeuern der Granaten geschaffen.

Doch, bevor ich mich, meine Damen und Herren, weiter in den letztendlich belanglosen Einzelheiten einzelner menschlicher Schicksale verliere, lassen Sie mich im nächsten Teil meines Vortrags auf die weltpolitischen Hintergründe kommen, die gesehen werden müssen, um zu verstehen. Verstehen Sie, um zu verstehen.

Wie bitte?

Ach, ja, da gab es noch die unglückselige Suada, die muslimische Freundin des Serben Darko, hm.

Bitte verstehen Sie mich nicht falsch, wenn ich an dieser Stelle nicht ..., hm.

Also gut ...

Wie bitte?

Was meinen Sie? Ich kann Sie nicht verstehen.

Wie bitte?

Von was?

Von der Liebe? ...

Entschuldigung, in wo? In ihrem Herzen? ...

Wie bitte?

Solle auch? ...

Wie bitte?

Die Rede sein? ...

Entschuldigen Sie bitte, aber ich verstehe Sie nicht mehr.

Verstehen Sie bitte, ich verstehe Sie nicht mehr.

Als der Professor erkannte, dass sein umfangreiches Wissen, das in ästhetischen, syntaktischen Strukturen verfasst vergeblich darauf wartete, den Weg zum Publikum zu finden, trat in seine Augen tiefe Trauer. Und sein Blick kehrte sich nach innen und verlor sich in den weiten Landschaften des Erforschens und Wissens.

Und als er das ausgemergelte kleine Mädchen nicht mehr wahrnahm, das an seinen Füßen kauernd um ein Stück Brot bat, da bemerkte TuzUr das Nichts, in das hinein sich die Flut wohlgeformter Wörter des Professors verflüchtigt hatte.

Das Kind

Oh, Großvater, da bist du ja endlich. Doch, doch, Großvater, du bist es, du bist mein Opa, du weißt, wo Mama und Papa sind, du weißt, dass sie bald kommen werden, sie kommen doch bald, oder? Doch, doch, sie kommen bald.

Weißt du, Großvater, mein Bauch tut so weh, so weh, seit die bösen Riesen mein Marienkäferchen totgetreten haben, da, bei uns zu Hause, seitdem tut mir mein Bauch so weh. Seit Blitze vom Himmel regneten, tut mir mein Bauch so weh. Bum, bum hat es überall gemacht. Und Papa hat immer gesagt:

Siehst du, mein kleines Marienkäferchen, siehst du die Männer mit den blauen Helmen? Das sind unsere Engel. Auch, wenn die da draußen bum, bum machen, die können uns nicht weh tun. Unsere Engel beschützen uns.

Und dann hat er oft den Engeln zu gewunken, der Papa, ihnen zugelacht und mit ihnen in einer fremden Sprache gesprochen. Und die Engel haben sich dann gefreut, dass Papa sie verstehen konnte und dass sie Papa verstehen konnten. Und die Engel mit den blauen Helmen kamen immer mit großen Panzern und großen Jeeps und gaben mir manchmal eine große Tafel Schokolade, dabei streichelten sie mir über die Haare, und Mama gaben sie manchmal ein Päckchen Kaffee.

Siehst du, mein Schatz, sagte dann manchmal Papa, unsere Engel sind so lieb und so stark, unsere Engel werden uns niemals allein lassen.

Der liebste und größte und stärkste Engel, das war Jan. Jan war noch größer als die bösen Riesen. Er kam sogar manchmal zu uns nach Hause und Mama hat dann immer ein besonders leckeres Burek gemacht. Jan sagte sogar manchmal, so wie Papa, Bubamara zu mir, weil Papa dem Jan erklärt hat, dass Bubamara auf Bosnisch Marienkäferchen heißt. Oh, Jan war so lieb und so stark. Er war von all den Engeln mit den blauen Helmen der liebste und stärkste.

Und dann waren sie auf einmal alle weg, die Engel, und es wurde alles so ganz stickig still, und Papa, der immer auf die Straße lief und hinauf zu den Bergen schaute, hat gesehen, dass ich weinte. Ja, ich habe geweint, weil doch der Jan nicht mehr da war. Und Papa hat mich ganz fest in seine starken Arme geschlossen und mich getröstet:

Du brauchst keine Angst zu haben, mein süßes Marienkäferchen hat er gesagt und mir mit seinem großen blauen Taschentuch die Tränen abgetrocknet.

Jan und die anderen Engel sind nur mal kurz da oben im Himmel, bei Gott. Aber bald, mein Schatz, kommen sie zurück und beschützen uns wieder.

Aber dann sind die Engel nicht gekommen. Als ich auf der Straße viele Schreie hörte, wollte ich rauslaufen, weil ich dachte, die Engel kommen und alle Menschen freuen sich so, alle Menschen schreien vor Freude, weil die Engel mit den blauen Helmen kommen. Aber dann sind sie nicht gekommen, die Engel.

Aber Jan, habe ich zu Papa gesagt; vielleicht ist es ja Jan, der da kommt.

Aber sie sind nicht gekommen, die Engel. Die Engel mit den blauen Helmen, die uns doch beschützen sollten, sind nicht gekommen.

Es kamen ganz böse Männer, ganz böse Riesen, mit ganz bösen Gesichtern, mit Gesichtern wie böse Hunde, wie böse Hunde, die aus der Hölle kommen. Und sie haben geschrien, die bösen Riesen, die bösen Riesen haben uns angebrüllt und uns mit ihren Gewehren in die Küche geschubst. Und, Großvater, hier auf meinen großen roten Marienkäfer, darauf hatte sich gerade ein echtes süßes kleines Marienkäferchen auf den Rücken gesetzt. – So wie jetzt, siehst du?

Und einer von den bösen Riesen hat das niedliche Käferchen gesehen und dann hat er laut gelacht, ganz böse gelacht, Großvater, so wie ein böser Donner hat er gelacht; und dann hat er auf das kleine Marienkäferchen, das auf meinem großen Marienkäfer saß, ganz fest draufgetreten, und er war tot, der kleine, niedliche Marienkäfer, er war tot und er konnte nicht mehr fliegen, der kleine Marienkäfer, weil er doch tot war.

Und die bösen Riesen haben Papa mit einem großen Gewehr geschlagen. Und Mama haben sie festgehalten, und einer von den bösen Riesen hat sie ganz fest gestoßen und Mama hat so laut geschrien und dann nur noch gewimmert und die bösen Riesen haben gelacht. Und den Papa und mich haben sie auch festgehalten und wir mussten zusehen, wie der böse Riese die Mama so gemein gestoßen hat, so furchtbar gemein.

Und dann haben sie Mama ein Kissen auf den Kopf gedrückt, weil die Mama doch so laut geschrien hat, und dann haben die bösen Riesen nicht mehr gelacht.

Papa, Papa! habe ich dann ganz laut gebrüllt. Der Papa sollte der Mama doch helfen. Aber die bösen Riesen haben den Papa noch fester gehalten.

Und die Mama hat dann nicht mehr geschrien, und die bösen Riesen haben die Mama dann losgelassen, und die Mama ist dann auf den Teppich gefallen. Ja, Großvater, der ganz große, weiche Teppich, der mit den roten Rosen in der Mitte, da drauf ist die Mama gefallen.

Und die Mama war ganz tief eingeschlafen. Auf dem großen weichen Teppich, mit den roten Rosen konnte die Mama bestimmt so schön und tief schlafen.

Dann haben die bösen Riesen den Papa nach draußen gestoßen. Ich wollte hinterherlaufen. Aber dann hat mir einer von den bösen Riesen einen Schubs gegeben und ich bin hingefallen, und Papa wollte sich wieder losreißen, aber die bösen Riesen haben ihn geboxt und ihn noch fester gehalten und ihn weiter gestoßen, und mein Papa sah so traurig aus, Großvater, so traurig.

Ich habe mich zu meiner armen Mama gelegt und habe ihre Hände gestreichelt, und dann habe ich die Hände ganz feste gedrückt und sie angehaucht, mit meinem warmen Atem habe ich sie angehaucht, die Hände von meiner lieben Mama. Weil die Hände doch so kalt waren, habe ich sie mit meinem warmen Atem angehaucht. Die ganze Mama sollte wieder warm werden, so weich und warm, wie sie immer war.

Und als dann die Tür aufging und die Tante Selma reinkam, hab' ich geweint und gewimmert:

Meine Mama ist so kalt, meine Mama ist so kalt, so kalt. Ich muss Mama warm machen. Mama soll nicht frieren!

Und die Tante Selma hat dann auch geweint. Sie hat so laut geweint und geschluchzt. Und ich hatte Angst, dass die Mama wach wird und sich erschreckt, und Tante Selma hat dann eine Decke über die Mama gelegt, weil die Mama doch so kalt war, und dann hat die Tante Selma mich ganz fest in ihre Arme genommen, und wir haben beide geweint, und ich hatte wieder Angst, dass die Mama wach wird, und ich hatte Angst, dass es der Mama nie wieder warm wird. Und dann hat mich die Tante Selma mit nach draußen genommen, und ich habe ganz laut gerufen:

Aber die Mama, wir können die Mama doch nicht allein lassen!

Und die Tante Selma hat gesagt:

Ach, Liebes, weißt du, unsere Männer holen sie später.

Aber es gab keine »unsere Männer« mehr. Sie hatten sie alle geholt und auf große Lastwagen verladen. Auch mein Papa war dabei, auch ihn haben sie auf einen großen Lastwagen geladen, und die sind dann weggefahren mit den großen Lastwagen mit den Männern drauf und mit meinem lieben Papa drauf. Und ich habe dann zu Tante Selma gesagt:

Später, wenn die Mama wieder wach wird, kommt Papa wieder zurück, und wir kommen dann alle wieder zusammen!

Und Tante Selma hat dann gelächelt und wieder geweint und ganz feste mit dem Kopf genickt.

Und dann haben sie uns, also die Tante Selma und mich und noch andere Frauen und andere Kinder, auch auf Lastwagen geladen und dann sind wir hier nach Tuzla gekommen.

Und hier in Tuzla kamen wir Kinder alle in das Heim. Alle, von denen die Mamas und Papas nicht mehr da waren. Und die großen Kinder haben dann Mama und Papa gespielt und wir, die kleinen, waren die Kinder von den Mamas und Papas. Und hier im Heim hat mich dann auch Suada besucht. Sie war so lieb zu mir.

Sie hat mir immer so lustige Sachen erzählt, weil ich doch mal lachen sollte. Und manchmal habe ich ein bisschen so getan, so ein bisschen wie Lachen. Aber nicht in echt.

Und die Suada war gestern bestimmt nicht am Kapija, Großvater, bestimmt nicht, weil doch da die Granate runtergekommen ist. Sie war bestimmt nicht da, Großvater, bestimmt nicht.

Hier in Tuzla habe ich wieder ganz viele Engel mit den blauen Helmen gesehen, Großvater, ganz viele – nur meinen Jan, den habe ich noch nicht gesehen. Vielleicht spricht der ja ganz besonders lange mit Gott, weil doch der Jan der liebste und stärkste Engel ist.

Oh, da, Großvater, siehst du, da ist wieder mein kleines süßes Marienkäferchen, da auf meinem großen roten Plüschkäfer, da, siehst du, oh, und jetzt reckt es sich, oh, siehst du, oh, ja und jetzt breitet es seine Flügelchen zur Seite, und siehst du, jetzt hebt es sich ab und jetzt schwirrt es hoch, oh, so hoch. Vielleicht so hoch bis zu Gott. Bis zu Gott, weil Gott doch gerade mit dem lieben, großen und starken Jan spricht und weil Gott dem Marienkäferchen zeigt, wo Mama und Papa sind, und dann, Großvater, wird das Marienkäferchen zu Mama und Papa fliegen, und es wird ihnen zeigen, wo sie mich hier in Tuzla finden können. Das Marienkäferchen fliegt dann vorneweg und Mama und Papa brauchen nur hinterherzulaufen, und dann werden sie mich hier finden. Das habe ich auch der Suada gesagt, Großvater: Mama und Papa werden mich hier finden – vielleicht.

Und während das Kind mit leuchtenden Augen seinem Marienkäferchen nachsah, vernahm TuzUr ein feines Summen, und er erkannte, ihm den Rücken zugewandt, den Irren.

Der Irre

Äuglein, oh Äuglein, so fein und so rein...

In den Armen des Irren, zärtlich umschlossen und sanft wiegend: eine Kinderpuppe mit weiten seetiefen Augen, roten Wangen und grellroten Lippen – und aus seinem Munde flossen stockend Wörter, die sich nur mühsam zu einem Satzgebilde zusammenfügten:

Ich sehe dich auf deinem Weg – haha! hörte er ihn raunen, und ich sah auch ihren. Von Blut zu Blut, von Träne zu Träne sah ich sie ihren Weg gehen, auf dem ich ihnen im Wege stand.

Und langsam, mit bebender Stimme, kehrte ihm der Irre sein Gesicht zu, und TuzUr sah in der Tiefe seiner Augen die von den Winden der Angst umschlungene Wahrheit.

Mein Haus ist in Kreka, es ist das Haus für die, die sie Irre nennen, haha! Neunzehnhundertzweiundneunzig erst?

Ha! – ich habe ihnen den Kriegsmann empfohlen. Hör du! Den Kriegsmann, hoho, den Kriegsmann – allen, allen, die sie in die verschiedenen Gebetshäuser rannten. Den Kriegsmann, he, hör du!

Einen Kriegsmann, der gegen ihren verdeckten Hass, ihren verdeckten Neid, ihr ständig glimmendes Misstrauen, sein Schwert zieht.

Ha, ha, ha! Sein Schwert zieht, und dann hat er es gezogen – gezogen und zugeschlagen. Zugeschlagen, ha! Nicht gegen die Wölfe, die sie gehütet haben, denen sie immer zu fressen gaben, die sie gemästet haben, ha, ha, ha. Gemästet haben. Und die Futterbrocken waren unterschiedlich groß:

Wir sind alles Brüder! – So die einen.

Es gibt keine Probleme! – So die anderen.

Sie glaubten, so die Mäuler der Wölfe stopfen zu können.

Ha, ha, ha! Aber je mehr sie ihnen in den Schlund warfen, umso gefräßiger wurden sie.

Huuh, huuuh! Holt sie raus, habe ich ihnen zugeheult. Holt sie raus und schickt sie zum Teufel.

Dann haben sie sie raus gelassen und sie zu Teufeln gemacht, und sie haben diese Teufel aufeinander losgehetzt. Huuh, huuuh.

Doch vor den Teufeln sah ich die Engel. Blaue Helme trugen sie auf ihren Köpfen und Kalaschnikows auf den Rücken.

Ha, ha! Das alles habe ich ihnen zugeschrien:

Die Wölfe reißen sich los! – Die Teufel lauern! – Die Engel kommen zu spät! Huuh, huuh, huuuh!

Ja auch diesem Turtelpärchen, Suada und Darko, habe ich das zugeheult.

Sie haben freundlich gelacht, und in ihren Augen war Jugend, waren Übermut und Angst zugleich. Noch viele, viele anderen lachten – bei den meisten war es bereits ein bösartiges Grölen. Die Hyänen der Angst wurden zu reißenden Wölfen der Wut, und sie schickten die ersten Teufel auf mich. Huh, huh! Und nachdem ich ihre Pisse, die sie mir zu trinken gaben, wegschlug, schlugen sie mich, traten und rissen mich, dann sperrten sie mich ein. Huh, huuh!

Hör, du! Nicht ihre Teufel sperrten sie ein. Mich sperrten sie ein. Ha, ha!

Und ich sah noch mehr Engel. Ganze Heerscharen, Geschwader, Kolonnen in Lastwagen mit roten Kreuzen und roten Halbmonden und viel Gutsein im Gepäck. Humanitas, Humanitas! hörte ich sie vor überquellender Güte trällern und stöhnen zugleich. Hi, hi, hi!

Ja, all das sah ich, alles sah ich. Doch keiner wollte meinem Blicke folgen. Keiner, keine wollte meinem Blicke folgen. Keiner, keine wollte dahin sehen. – Keine?

Ha, doch, eine gab's!

Ha, meine wundervolle, meine irre Blume, meine Lilie. Ho, meine Lili-Marlen, meine Lili-Marlen. Aus der Erde Grund: Meine Lili-Marlen.

Ihre Augen vermochten an meinen Blicken entlang zu gleiten. Und doch wollte sie unbedingt an diesem Tage zum Corso. Als in den Kratern der Hölle sich das teuflische Ejakulat für den Orgasmus-Exodus vorbereitete, musste meine Lili-Marlen zum Corso. Huh, huh!

Ich muss Suada warnen! wimmerte sie in meinen Armen. Suada darf nicht sterben!

Wenn Suada stirbt, wisperte ihre Stimme, stirbt der Sonnenaufgang.

Ich habe meine Lili-Marlen umarmt, habe sie gestreichelt, habe ihr die dicken Tränen aus dem leidzerfurchten Gesicht geleckt. Sie hat sich auf die Straße gekniet, ihren Kopf in meinen Schoß gelegt. Dann hat sie ihre Puppe ganz fest in ihre Arme genommen, meine Lili-Marlen – hu, hu! Sie hat ihre Lutka ganz fest an sich gedrückt, sie gestreichelt, sie mit tausend Küssen beschmatzt. Mmmp, mmmp, mmmp!

Dann schluchzte sie in Stößen – und bei jedem Stoß ruckte ihr Oberkörper von meinen Knien weg nach oben, ihr Rücken rüttelte dabei, wie bei einem Erdbeben, und ihre langen, grauen Zöpfe, um deren Enden pinkfarbene Schleifchen gebunden waren, wippten, baumelten und rutschten herab, hinunter zu der Pfütze, über die sie knien geblieben war. Und dann, und dann lachte meine Lili-Marlen. Ha, ha, ha!

Sie lachte, sie lachte, sie lachte, die Wolken über uns bekamen Angst, sie zogen sich zusammen und ergriffen die Flucht. Ha, ha!

Und dann sah ich, worüber sie lachte: Die Pfütze unter ihr spiegelte in feinen weichen Wellen die Geburt eines Sonnenaufgangs wider:

Ihr Gesicht, noch nachtgrau, ihre in einer anthrazitfarbenen Bluse festgehaltenen Brüste. Hi, hi, hi! Und jetzt die Schleifchen an ihren Zöpfen, wie an Marionettenfäden hängende, pinkfarbene Schmetterlinge. Sss, sss, sss! Sie flatterten durch den Pfützenspiegel. Ihre Augen wurden weit und groß: Dunkle, tiefe Seen. Äuglein, oh Äuglein, wie schön!

Und schau das Bild, das sie in der Pfütze sieht, ich sehe es in ihren Augen, da, sieh nur:

Zwei farbtrunkene Schmetterlinge, die durch das Heben und Senken ihres Kopfes angetrieben, den Pendelflug beschleunigen. Zwei Brüste, hoho, weiß und rein – sie gleiten langsam aus der offenen Bluse, ein Gesicht, das Grau. Der Wind verweht die Gräue. Die Abendsonne taucht es in ein blasses Rot und zwei Lippen, in die ein knallig roter Lippenstift die Farbe der Verführung zaubert. Oh, oh, oh! Dann Brauen, braun.

Ihr Gesicht, ihr Brüste, alles aufgehende Sonne. Drei aufgehende Sonnen. Oh, oh, oh!

Oh, geh nicht weg, mein Gesicht! Bitte, geh nicht weg!

Und dann, als die Detonation der ersten Granate in der Ferne zu hören war, richtete sie ihren Oberkörper auf, drückte mein Gesicht ganz fest an ihre Brüste, so, wie sie damals ihre beiden Babys an sich drückte. Huh, huh, huh!

Oh, ihre Babys, die Frauen wurden, huh, junge schöne Frauen. Lachend und kichernd und singend liefen sie über Frühlingswiesen, und die liebessehnenden Blicke der jungen Männer ihnen hinterher. Schöne, junge Frauen – von Männern, von mit Teufeln besessenen Männern, geschändet. Schande, oh Schande, huh, vor ihren Augen. In ihren Augen, in ihren Augen, die entsetzten, die nach Hilfe schreienden Augen ihrer Mädchen, in ihren Augen ihr Mann, ihr Mann, die Liebe ihres Lebens mit aufgeschlitzter Kehle. Und dann auch in ihrem Körper, in ihrem Körper die höhnische Gewalt, dieser Teufel.

Huh, huuh, huuuh!

Oh Äuglein, oh Äuglein, ihr tiefen Seen!

Oh, ihr Augen. Oh, mein Gott, ihr Augen! Wo seid ihr? Wo, wo seid i-i-ihr?

Oh in ihren Augen: Ein Sog, ein Sog in die Tiefe, ein Sog in die Kälte des Todes.

Die zweite Granate schon näher.

Zu spät, sagte Lili-Marlen, ich komme zu spät, Suada wird sterben.

Als Lili-Marlen aufstand, waren ihre Augen leer – leer von den Bildern dieser Welt, sie waren erloschen. Um ihre grellroten Lippen spielte ein Lächeln, als sie mir ihre Lutka in die Arme drückte.

Dann, als die dritte Granate ihr Ziel vor dem Kapija gefunden hatte, zuckte ein kleiner Blitz in ihren Augen auf und dann – Nacht. Nacht zog auf, als sie ihre Schritte in den Jala-Fluss lenkte.

Huh, huh, huh!

Geh, alter Mann, geh du schnell, damit du ihre Seele empfangen kannst!

Hier siehst du ihre Lutka, siehst du ihr Lachen?

Unsere Lutka lacht. Hahahaaaa! Siehst du, wie sich ihr Lachen mit den Himmeln verbündet? Siehst du die Bäume? Siehst du die Häuser? Siehst du das Universum des Lachens? Das ganze Universum lacht. Haaaa!

Und TuzUr bemerkte, wie sich das Gesicht des Irren langsam wandelte, wie es weich und weiblich und lächelnd, strahlend und kindlich wurde.

Und in den Tiefen seiner Augen bemerkte er das bereits glimmende Feuer des Friedens. Sah er den See in kristallener Klarheit und darüber: Trümmer zerrieseln und Stein für Stein und Planke für Planke, ein Haus entsteht, ein Haus, geboren aus göttlichem Feuer.

Langsam kehrte ihm der Irre wieder seinen Rücken zu, und TuzUr sah ihn der Puppe zugewandt, die er zärtlich in seinen Armen wog. Aus seinem Munde vernahm er ein Summen wie ein Lied im Sommerwind:

Äuglein, oh Äuglein, so groß und so rein,
ich seh' in die Tiefe der Seen,
Pflänzchen, oh Pflänzchen, noch klein und so fein,
ich sehe euch wehen - ich sehe euch wehen.
Äuglein, oh Äuglein…

Als TuzUr seine Schritte langsam der Morgendämmerung, der aufgehenden Sonne entgegen lenkte, vernahm er in dem wuchtigen Weben der Welt noch viele Stimmen, die in zerzauster Liebe nach dem Ohr des Göttlichen suchten, und kurz bevor er das Kapija – das Tor zur Ober- und Unterwelt – erreichte, erkannte er den Torsteher:

Im Reißen von Zerstörung und Liebe: der Dichter.

Der Dichter

Wo sind sie geblieben, oh Weiser, die Weisheit, die Würde, die Liebe? Wo sind sie geblieben, oh Weiser, die Kultur, die Kunst, sie, die uns reifen ließen, die uns Stufe um Stufe der Schönheit, der Ästhetik, dem Göttlichen entgegen hoben? Wo, das Lachen im Wind? Wo, das unbekümmerte Jauchzen der Jugend? Wo sind sie geblieben, die weißen Tauben des Friedens, die ich in meinen Liedern besungen, sie, die aus dem Feuer meines Herzens erglühten, sie, deren zerrissenes, mit Blut durchtränktes Gefieder im teuflischen Feuer des Todes verbrannte?

Auch hier in Tuzla saugten sie aus meinen Zeilen Wörter der Liebe, die sie wie Honig auf das Brot ihrer ausgetrockneten Hoffnungen nach Frieden strichen.

Du fragst nach Suada und Darko?

Ja ich kannte die beiden sehr gut. Sie liebten den Umgang mit dem geschriebenen Wort und waren auch im Schreiben von Literatur ungewöhnlich begabt. Zu den Treffen, die ich schon in der Vorkriegszeit regelmäßig organisiert hatte, erschienen sie ausnahmslos. Beide waren in der Lebensphase, in der das leichte und impulsive Denken und Agieren der Jugend langsam in nachdenklichere Formen des Hinterfragens und neuen erspürenden Suchens überwechselt.

Die Lunte des Krieges im Balkan war im Sommer des Jahres neunzehnhunderteinundneunzig gelegt. Wir wollten die Gewalt des Krieges fassen, wir wollten sie in Versen verfassen. Wir wollten die gewaltigste aller menschlichen Gewalten begreifen und wollten uns dieses Greifen, dieses Ergreifen mitteilen.

Dazu hatten wir uns zunächst mit der Rezeption und der analytischen Betrachtung bekannter Antikriegsgedichte beschäftigt.

Suada fiel mir auf durch ihren glühenden Eifer, mit dem sie selbst die verborgensten Metaphern sensibel erspürte und mit einer lebendigen Frische überzeugend interpretieren konnte. Sie bestach durch ihre – Entschuldigen Sie, wenn meine Sprache bei der Schilderung dieser ungewöhnlichen jungen Frau ins Schwärmerische abhebt! –, durch ihre bezaubernde Anmut, die immer von einem Schein des Geheimnisvollen umweht war.

Zugleich paarte sich ihr in der Tiefe glühendes Wesen mit der sprühend pulsierenden Leichtigkeit der Jugend. Wenn man ihr begegnete, schien es, als würde sie aus einem Zauberwald des Glücks auftauchen und ihre Worte und graziösen Gestiken, wie einem Glückshorn entnommen, über ihre Zuhörer streuen.

Der muslimische Namen Suada bedeutet »die Glückliche«. Vielleicht wäre »die Glückspendende« für sie noch trefflicher gewesen.

Darko stellte zu ihr einen ausgleichenden Gegenpart dar. Da, wo Suada schwebte, hatte er seine Beine auf festem Boden verankert; und da, wo sie von wirbelnden Winden gezogen, getragen, abhob und bereit war, noch höher zu schnellen, vermochte er es durch seine stoische Klarheit, ihr den Boden für die Landung in der Realität weich und einladend zu gestalten.

Darkos klare und oft mit einem gewinnenden Lächeln verbundene Gelassenheit, die den besonderen Charme dieses kernigen, kraftstrotzenden und intelligenten jungen Mannes ausmachte, verlor sich jedoch Anfang neunzehnhundertzweiundneunzig in grimmige Finsternis, die sein Gesicht verdunkelte.

Sicher, Darko war serbischer Patriot. Aber er hasste den Krieg. Er sah das, was sich seit Mitte neunzehnhunderteinundneunzig in Slowenien und Kroatien ereignete, als Angriff – als Krieg, der seinem serbischen Volk aufgezwungen wurde.

Und dann, als am 1. März die Ergebnisse des Referendums dokumentierten, dass neunundneunzig Komma vier Prozent der Bosnier sich für einen souveränen Staat Bosnien und Herzegowina entschieden hatten, saß ich mit Darko und Suada ein letztes Mal im Café Biblioteka zusammen. Es war eine dumpfe, niederdrückende Atmosphäre. Anfangs, bei der ersten Tasse Kaffee, verlief das Gespräch noch ganz ruhig. Darkos Stimme wurde jedoch schon heftig und laut. Und nach der zweiten Tasse kam immer mehr der Patriot in ihm durch. Er wurde noch heftiger und lauter. Er sprach von Verrat am serbischen Volk, und dass alle Serben und überhaupt alle wahren und ehrlichen Bosnier die Abstimmung boykottiert hätten und dass das Ergebnis somit eine verlogene und unwahre Wiedergabe der wirklichen Meinung des Volkes sei.

Suada, deren Fröhlichkeit längst einer verzweifelten Wehmut gewichen war und die mit erbittertem Erstaunen den Wortschwall Darkos aufnahm, erhob sich langsam von ihrem Stuhl, so, als müsse sie sich gegen eine Zentnerlast, die sie nach unten zog, abdrücken.

Dann sah sie Darko mit Augen an, aus denen Trauer und kristallene Klarheit, aber auch die Sehnsucht der liebenden Frau leuchteten. Ihre Stimme hatte etwas Sprödes, Einsames:

Darko, auch ich habe an dem Referendum teilgenommen!

Darko, der halb abgewandt ihr gegenübersaß, zuckte zusammen, so, als hätte er den Einschlag einer Granate vernommen, und langsam, wie betäubt, drehte er sein Gesicht zu Suada hin. Sein Rumpf folgte dieser Drehung mit einer zeitlichen Verzögerung.

Ich bemerkte, dass Suadas Augen nur unter Aufbietung all ihrer Kräfte seinem stechenden Blick standhielten. Ihr Gesicht nahm kantige Konturen an und ihre Stimme gewann an Härte und Strenge:

Ja, Darko, auch ich will, dass unser Bosnien souverän ist, frei ist, unabhängig ist. Wir brauchen nicht die ständige Bevormundung und Willkür aus Belgrad. Wir sind ein freies und modernes Land in Europa. Frei, verstehst du, wir wollen frei sein.

Darkos Gesicht zog sich zusammen wie unter einem unsäglichen Schmerz. Und seine schweren Worte kamen aus der Tiefe seiner verletzten Seele.

Du auch? Nein, Suada, das ist nicht möglich, das konntest du nicht tun! Du hattest es mir doch versprochen!

In seinen Augen leuchteten die ersten Blitze des Hasses.

Alle Sehnen und Muskeln seines Körpers waren angespannt, als er mit einem gewaltigen Ruck aufstand. Einen Moment dachte ich, er würde sich auf die Frau stürzen, die er, wie er mir mal verraten hatte, wie keinen anderen Menschen liebe. Doch dann erfror er in eisiger Ruhe, und seine Worte waren Geschöpfe von Hohn und Hass:

Also gut, du verdammte Hure, du verdreckte, du schlampige Hure, du gehörst also auch zu denen.

Und die Wut, die sein Gesicht zur Maske werden ließ, steigerte sich zu hemmungslosem, hasserfülltem Spott:

Nun, so ist es. Auch du, meine Geliebte, bist jetzt meine Feindin! Also los, geh zu den Verrätern! Geh zu denen, die uns schon immer verraten haben! Geh zu denen, gegen die ich jetzt kämpfen muss! Geh zu denen, gegen die wir schon immer kämpfen mussten! Kämpfen für unser serbisches Vaterland, für die Bruderschaft, in der wir miteinander leben wollten, für den Frieden, den ihr uns nun raubt!

Suada war wieder auf ihren Stuhl zurückgefallen – so, als hätte sie ein Keulenschlag getroffen. In ihren Augen spiegelte sich unsägliche Angst; Angst vor dem Unfassbaren, Angst vor dem Losbrechen einer Lawine, die nicht mehr zu stoppen war. Zunächst zitterten ihre Finger, dann der ganze Körper. Und als das Zittern in ein Beben überging, sprang sie wieder auf, sprang auf Darko zu, rüttelte ihn und schrie ihn an:

Darko, nein, so etwas darfst du nicht sagen! Darko, Darko, bist du verrückt? Das darfst du nicht tun!

Darko verharrte in seiner regungslosen Haltung, als Suada ihre Handtasche vom Boden riss, aus der sie einen Briefumschlag zog, und mit ihren zitternden Fingern entnahm sie ihm ein Blatt Papier, das sie langsam, in angespannter Ruhe, mit der immer noch vibrierenden Handfläche, glatt strich.

Ihre Stimme, vor Angst und Hilflosigkeit bebend, richtete sich flehend an Darko:

Aber Darko, das kann doch nicht sein, was du da sagst. Dieses Gedicht hier, das hast du doch geschrieben. Du, Darko, hast diese Schreie gegen den Krieg geschrieben. Darko, hör was du geschrieben hast!

Und Darko vernahm aus Suadas Mund Worte, die in seinem Kopf und in seinem Herzen geboren wurden:

Schreie

Ich lasse
ihn nicht mehr
in meinen Wünschen zerrieseln
in meinen Träumen verglüh'n
und
schreibe keine Lieder mehr
für ihn:

Der Frieden ist kein Kind
das verhätschelt werden will

Ich schreie!
Ich zerschreie das Eis
und rolle
Welle für Welle
zu einer Brandung,
die sich in wilder Gischt
aufbäumt gegen ihn:

Der Krieg ist ein Fels
der ausgehöhlt werden will

Und auf dem
Grund der Mulde
fließt bereits Erde zusammen
in ihr Samen der Liebe

Meine Liebe
zu Tuzla

Als Suada ihn fragend anschaute und beschwörend resümierte: Darko, das warst du, der gegen den Krieg geschrien hat, antwortete Darko mit toter Stimme:

Ja, so war es damals, aber dieser Krieg da draußen und dieser Krieg, der nun auch hier in Bosnien sein wird, ist ein Krieg, mit dem ihr uns ermorden wollt.

Dann bückte er sich zu mir hinunter und ich bemerkte in der plötzlich entstandenen Nähe das Eis in ihm, das er nicht zerschrien, sondern neu geformt hatte.

Er entnahm meiner Reverstasche den Kugelschreiber, klickte die Mine heraus, zog langsam das Blatt unter Suadas Hand zu sich und schrieb diagonal über seine einst mit glühendem Enthusiasmus geschriebenen Verse:

Ich verfluche meine Schreie!

Zunächst wollte er mir den Schreibstift zurückgeben, doch dann bückte er sich nochmals über sein Werk und schrieb in die entgegengesetzten Diagonalen, so dass sich die beiden Zeilen kreuzten:

Ich verfluche euren Krieg!

Danach klickte er die Mine zurück und steckte mir in beängstigender Ruhe den Stift ins Jackett zurück, warf uns beiden einen verächtlichen Blick zu, zog bedauernd die Schultern nach oben und streckte dabei die Arme vom Körper ab, wobei die Handflächen nach vorne zeigten. So verharrte er einen Augenblick, riss dann die Tür auf und verließ wortlos das Biblioteka.

Suada stürzte in panischem Entsetzen hinter ihm her, und durch die Glastür sah ich, wie sie sich an Darko festklammerte. Doch dieser stieß sie brutal zurück und schritt hinaus in die winterliche Nacht, in der eisiger Regen vom Himmel peitschte.

Wie gesagt, ich habe Darko nie wiedergesehen, und auch für Suada blieb er verschwunden.

Es kam die Zeit, in der unsere Stadt von den Tschetniks eingeschlossen wurde. Oben in den Wäldern tobten die Kämpfe, und das Leben der Menschen reduzierte sich auf den Kampf ums Überleben. So hatten sich auch viele Fäden des Netzes, in dem die verschiedenen Kulturen miteinander verwebt waren, aufgelöst.

Doch schon bald war es nicht nur die Sehnsucht nach Brot für den ausgehungerten Leib, die ihre Keime nach oben trieb. Viele feine Pflänzchen, die sich unter der Gewalt des mörderischen Wütens in ihre Lebensnischen zurückgezogen hatten, drängten sich wieder behutsam und vorsichtig nach oben, durch die von Hass verkrustete Erde.

Sie hatten es nicht leicht, denn immer wieder zerstörten Granaten, die auf die Stadt hinab geschossen wurden, die Hoffnung auf Überleben und Frieden.

Man sprach sogar schon von kollektivem Selbstmord: Man könne doch, so wurde konkret überlegt, die riesigen Gasbehälter vor der Stadt zur Explosion bringen!

Es war eine Zeit, in der man in allen Winkeln der Stadt den Hauch des Todes spüren konnte.

Doch das Leben wollte weiter! Und so malten, musizierten, spielten, schrieben wir gegen alles das. Aber wir malten auch Bilder, die Visionen aus den Träumen des Morgens pflückten. Wir trafen uns in Cafés oder bei Freunden, diskutierten und stellten das ein oder andere geschaffene Werkchen vor.

So war es auch an einem trüben, grauen Abend im Frühjahr neunzehnhundertvierundneunzig. Es hatte den ganzen Tag über wie aus Eimern gegossen. Die Salzschichten unter der Stadt konnten die Wassermassen nicht so schnell fassen, wie sie vom Himmel fielen. Überall in den Straßen stauten sie sich zu kleinen Seen oder glucksten wie kleine Bäche vor den verstopften Gullys.

Unser kleines Häufchen hockte bei Freunden, die unterhalb der Mejdan-Moschee ein Häuschen bewohnten. Auch Suada saß wie meistens dabei, als plötzlich zwei Granaten über uns hinwegfegten. Von irgendwo her hörten wir dann die Detonationen. Wir kannten diese Momente, und wie immer spürten wir eisige Kälte in uns aufsteigen, wenn wir abwartend flach unter den Tischen lagen und uns mit fragend ängstlichen Augen anschauten, denn meistens folgten darauf weitere von diesen Boten des Todes.

Als wir nach einiger Zeit nach oben krochen und uns den Staub aus den Hosen und Hemden geschlagen hatten, schaute mich Suada angstvoll an, und in ihrem Blick stand die bange Frage, ob es Darko war.

Denn sie hatte von Freunden erfahren, dass er bei einer Einheit oben im Ozren-Gebirge Dienst versah – eben bei jener Einheit, die für den Granatbeschuss der Stadt die Verantwortung trug. Wir verharrten noch einen Moment regungslos, als der Himmel plötzlich aufklarte und die feuerrote Abendsonne in unsere Stube flutete. Und während wir Künstler uns mit einer heftigen Diskussion und lautstarken Verwünschungen die Angst von der Seele schimpften, verzog sich Suada mit einem Bleistift und einem Stück Papier an einen Seitentisch.

Einige Tage später besuchte sie mich und zeigte mir ihr Gedicht, dessen erste Zeilen sie nach dem Granatbeschuss im Schatten der Mejdan-Moschee geschrieben hatte.

Wie damals beim Vortragen des Gedichtes von Darko faltete sie das Blatt Papier umständlich auseinander und las ihr Gedicht. Und wie bei Darko war es eine Liebeserklärung an ihre Stadt:

Tuzla

Du meine Liebe
meine blutgeschundene Stadt
Feuerschlangen schleudern sie herab
dort vom Ozren-Gebirge

    Hinter sanften Bergketten
    verlässt die Sonne glutrot den Tag

Oh, mein Gott
das Salz von Millionen
ungeweinter Tränen
drückt aus dem Schoß deiner Erde
Feuerschlangen und berstende Risse
und doch

    hoch oben auf der Mejdan-Moschee
    paaren sich weiße Tauben
    im Sturm der Geschichte

Ich spürte in den Versen die Stimmung jenes Abends einfühlsam eingefangen. Ahnte noch einmal die mörderische Wucht der Granaten, die Angst, aber auch das heimatliche Gefühl zu unserer Stadt, das uns in der Geborgenheit der Höhle, die wir unter dem Tisch fanden, schützend umfing.

Auch von einem Brief an Darko erzählte sie mir ganz kurz, doch Näheres hierzu wollte sie mir nicht berichten.

Die Versorgungslage der Stadt hatte sich inzwischen etwas verändert. Es erreichten immer mehr Hilfsgütertransporte die Stadt, und der Austausch von Kunst und Kultur hatte an Bedeutung zugenommen.

Mitte Mai neunzehnhundertfünfundneunzig veranstalte eine befreundete Malerin eine Vernissage, auf der sie einen Zyklus zum Thema »Frühlingserwachen« vorstellte.

Außer mir waren weitere Poeten geladen, die mit passenden Gedichten die Stimmung der Bilder untermalen, beziehungsweise aufgreifen sollten.

Auch ein Akkordeonspieler hatte sich zu uns gesellt und die kleine Veranstaltung mit einigen Improvisationen aus Mozarts »Komm, lieber Mai, und mache« eingeleitet.

Unsere Freundin hatte ihre Begrüßungsansprache gerade abgeschlossen, wollte mit einem kühlen Weißwein aus dem Neretva-Tal mit uns anstoßen, als die Tür aufflog und eine junge Frau mit feenhaftem Aussehen herein schwebte. Ich musste zweimal hinsehen, und meine Hand begann zu zittern, so dass der Wein überschwappte. Diese Erscheinung aus einer Welt der Märchen oder Boheme war Suada.

Sie trug ein türkisblaues Taftkleid mit enganliegendem Mieder und glockig weitem Rock, der bei jedem Schritt, den sie mit betonter Eleganz ausführte, ein Rauschen in den Raum zauberte, das dem milden Wehen eines Frühlingswindes glich. Um ihre Taille hatte sie ein dunkelblaues Samtband gebunden, in dessen seitlichem Verschluss ein Frühlingssträußchen aus weißen Maiglöckchen, blauen Veilchen und gelben Butterblumen steckte. Da ihr Gesicht eine natürlich jugendliche Frische zeigte, hatte sie auf jegliches Make-up verzichtet – lediglich ihre weichen Lippen wurden durch das kräftige Rot einer Baccara-Rose hervorgehoben.

Ihre Augen strahlten den seltsam leuchtenden Glanz, der aus einer fernen Welt zu kommen schien. Dazu wirkte das dunkelunterstrichene Braun ihrer Brauen wie ein schützendes Dach, das alles Böse der Welt diesem Engelsgesicht fernhalten konnte. Die sonnenblonden Haare trug sie offen. Unzählige Bänder, die aus dem gleichen Stoff wie der ihres Kleides geschnitten waren, umspielten die weichen Locken.

Ihr Lächeln überstrahlte die fröhliche Runde, die unschlüssig mit ihren erhobenen Gläsern erstarrt war, und verbündete sich mit dem freundlichen Nicken der Gastgeberin, die ihr ebenfalls ein mit Wein gefülltes Glas herüberreichte.

Es war ein von perlender Lust geprägter Abend, an dem viel gelacht, gesungen und gescherzt wurde.

Unsere Freundin stellte ihre Bilder vor, wobei sie zwischen tiefer Inbrunst und fröhlicher Gelassenheit wechselte. Wir, von der schreibenden Zunft, stellten unsere Gedichte vor und zwischen den einzelnen Vorträgen schuf der Akkordeonspieler mit teils sanften, teils heftigen Melodien eine musikalische Überleitung und Untermalung.

Die ausgelassene Stimmung setzte sich auch dann noch fort, als die Kunstwerke der Malerin, der Aufmerksamkeit der Betrachter entrückt, sich in ferne Frühlingslandschaften zurückzogen und unsere literarischen Kunstwerke auf den verschiedenen Tischen achtlos herumlagen.

Inzwischen waren die Herren zum scharfen Pflaumenschnaps und die Damen zu farbenfrohen Cocktails, deren spezielle Mischungen nur unsere Gastgeberin kannte, übergegangen.

Suada war in einer hitzigen Unterhaltung mit dem Akkordeonspieler vertieft. Irgendwann fiel ein Stuhl um. Aus dem allgemeinen Wirrwarr von Erklärungen und deutlichen Feststellungen über die marode Beschaffenheit des Stuhles löste sich Suada von der Seite des Akkordeonspielers, mit dem sie irgendetwas ausgeheckt zu haben schien. Gleich sollten wir erfahren, was es war.

Sie glitt mit den verführerischen Blicken einer Marilyn Monroe zu uns Dichtern, bat uns um unsere Textblätter, die keiner von uns auf Anhieb finden konnte. Und was jetzt passierte, konnten wir erst in langsamen Schritten fassen. Sie inszenierte aus dem Stehgreif eine Performance.

Mit einer Variationsbreite ihrer Stimme, von der ich bisher nie etwas erahnt hatte, las sie nicht nur unsere Gedichte, sie veredelte sie. Sie trieb uns förmlich in die Glut der Liebesfeuer, die wir nur kläglich entfacht hatten, hinein. Geheimnisvoll und behutsam verbarg sie leise und schleppend Metaphern, die wir zu offensichtlich gestaltet hatten, ließ Verse dort wie Quellwasser perlen, wo sie in Fluss kommen sollten, ließ ihre Stimme verhalten, staccato-ähnlich werden, wenn Tiefe und rätselndes Ahnen den Zuhörer ergriffen. Das Versmaß, der Rhythmus bekamen die Bedeutung, die wir beim Schreiben nur als zarte Pflänzchen in Ansätzen erspüren konnten.

Kurzum – sie machte unsere Gedichte erst zu den Kunstwerken, die wir bis eben als grobe Rohlinge entlarvt sahen. Suada hatte sie zu anspruchsvollen literarischen Werken entstehen lassen, die der Akkordeonspieler mit seiner Musik umschmeichelte, sich davon ablöste, Suada antrieb und abwartend mit ihr zum nächsten Gedicht hinführte.

Wir waren ergriffen und fassungslos zugleich. Keiner von uns brachte ein Wort heraus, als das letzte Wort gesprochen, der letzte Ton verklungen war.

Es entstand ein Moment der atemlosen Stille, in der man nur ein leichtes Rauschen vernahm, das Suadas Rock verursachte.

Aber dann brach ein wilder Begeisterungssturm aus, der sich – der Rezitatorin zugewandt, in berauschendes Klatschen entlud. Wir nahmen sie in unsere Mitte, umarmten und küssten sie.

Suada reagierte verschämt, erschrocken und wich einen Moment zurück. In ihrem Gesicht zeigte sich ein Anflug von Verlegenheit, der langsam dem Stolz einer erfolgreichen Schauspielerin wich, die nach dem letzten Aufzug ihres Stückes vor das jubelnde Publikum getreten war.

Doch jetzt trat etwas ein, was uns zum zweiten Mal fassungslos werden ließ:

Sie trat mit vor Stolz nach vorne geschobener Brust, zu einem der gelungensten Frühlingsbilder und deutete uns mit der nach unten zeigenden Hand des rechten Armes, den sie beschwichtigend auf- und ab bewegte, an, dass sie uns noch etwas mitzuteilen habe. Und so hörte ich das schönste, und durch seine schlichte Aussagekraft bestechenste Gedicht, das Suada je geschrieben hatte:

L o s r e i ß e n

Warum müssen Trümmer
immer wieder
Trümmer gebären
und Tode den Tod?

    Ich rufe dich
    mein Lachen im Wind
    dich Kraft meiner liebenden Arme

Im frühlingsatmenden Margeritenfeld
liege ich Kopf an Kopf
mit dir
auf lustbebender Erde

Ein frühlingsatmendes Margeritenfeld schwebte im Raum und unsere Herzen empfingen das Lustbeben der Erde, als Suada ihr dunkelblaues Samtband mit dem Frühlingsstrauß von ihrer Taille löste und mit weit ausladenden Körperschwingungen aus ihrer Hüfte heraus uns damit zum Abschied zuwinkte. Und lächelnd wie die Abendröte entschwand sie in die Dunkelheit der Nacht.

Da wir glaubten, dass sie gleich wiederauftauchen würde – ähnlich einem Schauspieler, der nur kurz hinter dem Vorhang verschwand, um dann bald, nach einem angemessenen Zeitabstand wieder aufzutauchen, um den tosenden Beifall des Publikums in Empfang zu nehmen – machte keiner Anstalten, die Tür hinter ihr zu schließen.

Meine Blicke, die vergeblich auf das Wiedererscheinen Suadas warteten, verloren sich in eine Nacht, die die Finsternis abgestreift hatte und nun frei war für eine dunkelblaue Schönheit, in der aus der gewaltigen Wölbung des Himmels ein Meer von Sternen funkeln konnte.

Das alles lag noch im Vorgestern. Am Ende einer Zeit, in der die Spirale der Gewalt und des Todes zur letzten Beschleunigung ausholte, um zu ihrem letzten barbarischen Höhepunkt hinzutreiben. Dieser war gestern.

Schon heute, während all dies stürzt und einstürzen wird, ist das Tor für das Morgen bereits einen Spalt weit geöffnet.

Die Morgenröte, die den Himmel im Osten in den feurigen Schein der Wärme und Liebe zauberte, ließ den Schatten des Dichters von der Pforte des Kapija in die unendliche Weite des Westens wachsen.

Und so, wie sich der Schatten des Dichters in der Dunkelheit des Westens verlor, so erhob sich im Osten, aus der Finsternis der Nacht, die Morgensonne. Eine Sonne von Feuer und Licht.

Epilog

Als TuzUr in das von vielen Stollen und Gängen durchzogene Labyrinth seines Reiches zurückkehrte, hatten die Gestirne innerhalb der Systeme ihrer Sonnen und diese wiederum im Verbund ihrer anziehenden und abstoßenden Kräfte, das Universum in gleichen und ruhigen Bahnen durchzogen, waren Gestirne vergangen, hatten sich neue Gestirne aus streuenden Glutmassen zu fester Materie weiter geformt, warteten neue Wesenheiten auf ihre Geburt.

und werden beim Anblick des ersten Sonnenaufgangs die immer wiederkehrende Geburt ihrer Sonne erkennen. Und so, wie die Gestirne das Universum durchziehen, so durchziehen die vielen von ihren menschlichen Körpern entbundenen Seelen die Räume der Reinigung, durchziehen sie das Reich TuzUrs auf ihren Bahnen, die sie der göttlichen Bestimmung zuführen sollen.

Und TuzUr beschloss, der ermüdeten Liebe der Menschen einen Sonnenaufgang der Reinigung und des Friedens zu schenken:

Noch siebenmal wird der Mond seine Bahn um die Erde ziehen, bis die Unterzeichnung von Dokumenten den Frieden verbriefen und ihn in den Köpfen der Menschen und dann in ihren Herzen reifen lassen. Und siebenmal wird die Ende ihre elliptische Bahn um die Sonne ziehen, bis die Menschen in ihren Köpfen Gedanken, Ideen und Pläne wachsen lassen, aus denen heraus ein Platz des Friedens und der Liebe entstehen wird:

Neben den in einer Erde verbundenen getöteten Körpern, denen die Sonne sterben wollte, wird der Sonnenaufgang leben, wird ein See der Reinigung sein, gespeist mit Salz und Wasser aus dem Elysium TuzUrs, und wird ein Haus des Friedens sein, gespeist von der Liebe der Menschen.

Der Stoff

Krieg in Bosnien

Ab Mitte 1991 gab es nationale Bewegungen in Slowenien und Kroatien, die ein Herauslösen aus dem Staatsverband der Sozialistischen Republik Jugoslawien anstrebten. Während Slowenien nach nur zehn Tage andauernden Kämpfen in die Eigenstaatlichkeit entlassen wurde, hielten die Kämpfe zwischen der kroatischen Armee und der jugoslawischen Volksarmee bis Januar 1992 an. Der jugoslawische Präsident Slobodan Milosevic stimmte am 15. Januar 1992 dem Vance-Plan zu, der eine internationale Anerkennung Kroatiens und Sloweniens aussprach.

Allerdings fanden bereits vor Ausbruch der Kämpfe Geheimverhandlungen zwischen Milosevic und dem kroatischen Präsidenten Franjo Tudjman statt, die sich unter anderem mit der territorialen Aufteilung Bosniens und Herzegowinas beschäftigten. Das heißt, dass die Interessensphären Serbiens und Kroatiens schon sehr früh abgesteckt wurden und somit der Krieg in das Land getragen wurde, das sehr stark von serbischen und kroatischen Separatistenverbänden und -parteien beeinflusst wurde.

Als am 29. Februar und 1. März 1992 in dem von der internationalen Gemeinschaft verlangten Referendum 99,4 Prozent für einen souveränen Staat Bosnien-Herzegowina votierten, rief das die ersten serbisch-nationalistischen Freiwilligenverbände auf den Plan.

In den Städten Bijeljina, Zvornik, Visegrad, Foca und Prijedor drangen die »Tiger«-Truppen des Freischärlers Arkan in Häuser und Moscheen ein, hunderte Menschen mit muslimischer Religionszugehörigkeit wurden umgebracht. Viele der Überlebenden flohen nach Tuzla, der ost-bosnischen Industriestadt.

Tuzla

Die Stadt Tuzla erhielt ihren Namen in der osmanischen Zeit wegen ihrer reichhaltigen Salzvorkommen. Das Wort »Tuz« bedeutet im Türkischen auch heute noch Salz. Sie liegt in einem Talkessel, umrahmt von dem Ozren-Gebirge, im Nordwesten und dem Majevica-Gebirge im Nordosten.

Wer vor dem Krieg aus Nord-Westeuropa kommend das in Nordost-Bosnien liegende Tuzla erreichen wollte, fuhr von Zagreb aus über die vierspurig ausgebaute E 70. Bei Orasje überquerte man die kroatisch-bosnische Grenze und brauchte für die circa 70 Kilometer lange Strecke eine gute Stunde. Während des Krieges jedoch wurde der nördliche Teil Bosniens durch serbische Verbände kontrolliert, die ein Durchkommen unmöglich machten. Das galt weitgehend auch für humanitäre Transporte, die Tuzla beziehungsweise Gebiete um Tuzla, erreichen wollten. Auf der direkten Straße nach Tuzla musste man einen Umweg von circa 1.200 Kilometern über Split – Mostar – Zenica in Kauf nehmen. In der Regel erreichte man in Posusje erstmals bosnisches Territorium. Unter anderem von hier aus lief der illegale Schwarzmarkthandel – vor allem mit Zigaretten, Kaffee und Mehl –, der mafiose Strukturen hatte.

Die Strecke, die sich zwischen den Fronten schlängelte, führte zum Teil über enge Wald- und Feldwege. Auch die Lastwagen von Hilfsorganisationen, die mit humanitären Gütern beladen waren, gerieten nicht selten unter Beschuss bzw. wurden ausgeraubt.

Das bedeutete, dass sich die Versorgungslage in den so genannten Schutzzonen dramatisch verschlechterte. Neben der täglichen Angst vor Angriffen und Überfällen fehlte es an Nahrungsmitteln, medizinischer Versorgung und Wohnraum.

Der Krieg in Tuzla begann im Mai 1992, als die Soldaten der jugoslawischen Armee aus der Stadt abzogen. Beim Abzug wurden sie an der Kreuzung Malta von Freiwilligenverbänden, die sich aus Bürgern der Stadt rekrutierten, bedroht. Der Abzug erfolgte unter heftigen Feuergefechten, bei denen es die ersten Toten gab.

Anschließend wurde die Stadt von serbischen Truppen beziehungsweise Garden eingeschlossen und von der Weltorganisation zur Enklave unter UN-Schutz erklärt. Dieser Schutz schloss jedoch ausdrücklich jegliche Verteidigung der bedrohten Menschen mit Gewalt aus. Das heißt, dass, wie zuletzt in Srebrenica geschehen, Angriffe auf Zivilisten, Massenhinrichtungen, Vergewaltigungen von Frauen, Plünderungen und Vertreibungen unter »Wegschauen« der Schutztruppen erfolgten.

Die Stadt Tuzla, die vor dem Krieg circa 120.000 Einwohner zählte, nahm fast 80.000 Flüchtlinge aus der Region auf. Der Weg von knapp einer Million Menschen, die aus ihren Dörfern und Städten fliehen mussten, führte über Tuzla in die verschiedenen Lager.

Trotz der schwierigen Versorgungslage, der täglichen Granatbeschüsse und der politischen Spannungen versuchte die Stadt ihren weltoffenen und toleranten Charakter zu wahren. Man erholte sich am Modrac-See, den man als kleine Adria betrachtete, trieb Sport und ließ geschäftiges wie auch geschäftliches Leben an vielen Orten der Stadt aufflackern. Auch in Studenten- und Künstlerkreisen pflegte man den Anspruch auf Weltoffenheit. Man philosophierte und diskutierte. Ein bekannter Treffpunkt für Studenten war das Café »Biblioteka«. Das Zusammenleben zwischen Serben, Kroaten und Bosniaken wurde gewährleistet. Nationalistisch-konservative Parteien waren im Rat der Stadt in der Minderheit.

Das Massaker vom 25. Mai 1995

Der 25. Mai wurde in Tuzla, wie auch in anderen bosnischen Städten als Tag der Jugend gefeiert. Er wurde im früheren Jugoslawien eingeführt.

Hunderte Menschen – vor allem Jugendliche – flanierten auf dem Korso der Stadt, und besonders viele hielten sich auf dem Platz vor dem Café Kapija auf. Es war einer der ersten warmen Frühlingstage. Laute Rockmusik hallte über den Platz, man tanzte und vergnügte sich mit Kaffee, Bier und Cola. Bezahlt wurde unter anderem mit Deutsch-Marka.

Man befand sich in einer lockeren und ausgelassenen Stimmung. Es wurde viel gelacht und geflirtet. Dann war weit entfernt die Detonation einer Granate zu hören. Man wollte sich jedoch die fröhliche Stimmung nicht verderben lassen. Deswegen wurde der weit entfernte Knall ignoriert. Es wurde weiter gescherzt und an Bierdosen genippt, als man eine zweite Granate wahrnahm, die schon näherkam. Aber man blieb gelassen und erst recht ließ man sich nicht in Panik versetzen.

Die dritte Granate fand direkt auf dem Platz vor dem Kapija, wo dicht gedrängt die vielen Jugendlichen standen, ihr Ziel. (Die Granaten wurden von einem Platz im Ozren-Gebirge abgeschossen, an dem in der jugoslawischen Zeit die jungen Staatsbürger ihre Jugendweihe erhielten).

68, meist junge Menschen, starben sofort, drei Jugendliche später im Krankenhaus. Es handelte sich um eine Splittergranate. Wie bei dem Massaker in Sarajewo im Februar 1994 boten sich Bilder des Grauens und Entsetzens. Es wurden über 160 Menschen zum Teil schwer verletzt. Unter den Opfern der von Serben abgeschossenen Granate befanden sich Serben, Kroaten und Bosniaken (Muslime). Alle Toten wurden unabhängig von ihrer Religionszugehörigkeit gemeinsam beigesetzt.

In der Nähe des Friedhofs beginnt man sieben Jahre später mit dem Ausbaggern eines Sees der Reinigung, den man später mit dem unterirdischen Salzwasser speisen wird. Etwas höher entsteht ein Haus des Friedens, bei dem anthroposophische Architektur und natürliches Baumaterial berücksichtigt werden. Das Projekt wird hauptsächlich mit Geldern finanziert, die in den Niederlanden gesammelt wurden.